献给永远的环球电影论坛MOV6

伤花怒放的影像人生

老踏 著

海峡出版发行集团｜海峡文艺出版社

图书在版编目(CIP)数据

伤花怒放的影像人生/老踏著. －福州:海峡文艺出
版社,2020.7(2024.3 重印)
ISBN 978-7-5550-2327-2

Ⅰ.①伤… Ⅱ.①老…… Ⅲ.①随笔－作品集－
中国－当代 Ⅳ.①I267.1

中国版本图书馆 CIP 数据核字(2020)第 121205 号

伤花怒放的影像人生

老 踏 著

出 版 人 林 滨

责任编辑 陈 瑾

编辑助理 杨 鑫

出版发行 海峡文艺出版社

经 销 福建新华发行(集团)有限责任公司

社 址 福州市东水路 76 号 14 层

发 行 部 0591－87536797

印 刷 三河市兴博印务有限公司

厂 址 河北省廊坊市三河市杨庄镇大窝头村西

开 本 889 毫米×1194 毫米 1/32

字 数 250 千字

印 张 10.75

版 次 2020 年 7 月第 1 版

印 次 2024 年 3 月第 3 次印刷

书 号 ISBN 978-7-5550-2327-2

定 价 58.00 元

如发现印装质量问题,请寄承印厂调换

伤花怒放：我的人生观

（代　序）

当统计学知识和概率分析结果都在显示，我的人生已然逝去大半时，我会时常提醒自己并且深深为之感动：在场，是一件多么值得庆幸的事。整个世界的全部意义，时间和空间，以及一切对于外部的探索和内心的关照，都缘于这种在场。

而且，面对浩瀚无垠、斗转星移的宇宙，我们的在场注定只是沧海一粟、稍纵即逝。以至于在场就是我们所拥有的全部，来到这里、然后离开。来之前，我们不存在，世界与我们无关；走之后，我们不存在，世界还在那里，依然与我们无关——如果足够幸运，我们会在那里留下蛛丝马迹，用以证明我们来过。

这种在场，说到底，也就是我们可以意识到的全部，我们通常把它称之为——人生。

目前，就我所感受到的、经历过的，以及觉悟了的人生，是这样的：

第一，人生没有"意义"。

对于人生意义的各种追问毫无意义。所谓的意义，都是在我们意识到了自己的在场之后，通过一番艰难往复的自我建构才出现的，而且也不是一定就会出现。

第二，人生总是艰难，并且孤独。

有句话说得鸡汤款款：当你觉得很辛苦时，就要相信自己

正在走上坡路。而我以为的真相却是，人生总是艰难，它一直都是上坡路。无论采取英雄主义、失败主义还是其他什么主义的立场，人生的每个阶段、每个人的人生，都很艰难。而且要命的是，这种艰难没人可以为你分担。

如果你足够幸运，你的快乐和幸福有人愿意分享；可你的无奈与不舍、悲伤与疼痛，却只能是你自己的。孤独是种宿命，不管爱你的人，还是伤害你的人，说来说去，每个人都只能陪你走一段路。人是一种孤独至死的动物，因为我们终究无法彼此理解。而个体的精神世界越是丰富，就越是孤独。

第三，人生惟一确定无疑的事情是死亡。

无论怎样理解人生、度过人生，我们都必死无疑。事实上，我们随时都会死去。我们的生存策略是选择性遗忘，让生活得以为继的秘诀，源于"我不会死"的狂妄假设。

是的，这就是我所理解的人生——没有"意义"，总是艰难，一路上坡，然后在孤独中死去。就好比是一株被遗忘的、绽放于荒野之上的、风雨飘摇中的虞美人。也许你会觉得这样太悲观，但是重点在于：千万不要忘记，"人生是怎样的"是一回事，"怎样面对人生"又是另外一回事。而怎样面对人生，比人生是怎样的更为重要。

人与人之间的后天差别，主要来自于"怎样面对人生"。不同的回答，决定了不同的人生。

对于"怎样面对人生"，我采取的是一种"积极的悲观主义"立场：

——人生没有"意义"，但我们可以赋予人生以意义，并且坚信，这就是人生的意义。然后，提醒自己在每个可以把握的时刻里，拼尽全力。

——人生总是艰难并且孤独，那么，不妨为了我们赋予人生的意义去努力，用一个又一个的目标来指引我们高歌猛进，从一种艰难走向另一种艰难。当我们这样做时，人生的艰难就会变得物有所值，孤独就会逐渐变成衬托我们优秀的副产品。

——不必介意死亡，善待自己在场的每一天就已足够。事实上，我宁愿被弃尸荒野，也不愿行尸走肉一般活着。如此一来，在弥留之际，我便可以像维特根斯坦那样，认为自己度过了很好的一生。当然，最理想的状态是措手不及地死去。来不及回顾，也就不会有遗憾。那是我一直向往的方式。

是的，这就是我的立场，对待人生的立场：即便只是一株"伤花"，也要肆意怒放！

……

虽然我一直在喋喋不休谈论人生，但是必须说明一下，其实这是一本电影随笔集，是要把自己在过去17年时间跨度里陆续写下的有关电影的业余文字结集出版。有句话流传得很广，叫做"人生没有如果，只有后果"。我想，电影之于人生的意义，就在于它为我们提供了一种叫做"如果"的人生——可以慰藉日益深陷"后果"之中的我们，让无所归依、艰难繁琐而又趋近死亡的人生，透上一口气。

在这本书里，我们要通过电影来讨论孤独、权力、生存、爱情、暴力、亲情、死亡、命运、体制、婚姻、青春、情爱，展现勇气与担当，追逐自由与梦想，探讨人性的阴暗与美好，理解人生的得与失、悲与喜。如果在讨论这些内容的时候，我还有那么一点点奢望的话，那么这个奢望会是：也许这些讨论会让我们跨过电影赏析的桥梁，与梦想中的人生握手言和。

如果这篇序言所描述的人生不符合你的立场，那么显然，这本书也不适合你。说到底，这本书仅仅是用电影随笔的方式来讨论我所理解的人生，用感动过我的影像来祭奠自己逝去的时光。我没有说服你的野心，甚至也不打算去论证我的观点。因为说得极端一点，这世界有多少人，就会有多少种人生观。充其量，我只想通过这本书，给自己的那个与电影有关的梦想一个交代。

人生是一场漫长的告别，与昨天的自己、深爱过的风景，以及发生在过往桥段中的人和事，一一告别。无论我们是否愿意，时间都在催促我们继续赶路，哪怕是要投奔死亡的怀抱。那些浓得化不开的情绪体验，那些辣眼睛、刺鼻子、掏心挖肺的记忆，终将被时间轻描淡写，无关痛痒。

如是，献给我挚爱的电影，以及伤花怒放的人生。

目　录

1

人性善与人性恶：当我们不停讴歌
前者时，真相一定会是后者

"性善论"与"性恶论"的争执几乎贯穿了整个人类文明史。这一事实至少说明两个问题：其一，人性问题的复杂性与多维性导致这种二元对立的思维框架基本失去了解释能力，哪怕我们一直孜孜不倦地热衷于这种非此即彼的解释；其二，有关人性问题的争论和人性本身一样复杂，以致于我们动用全部智慧和理性，也难以给出一个可以通约的定性评判。好在，电影艺术给这种永无休止的争论蒙上了温情脉脉的面纱，穿上了凹凸有致的比基尼。面对人性的争论，我愿意做一个讨巧的折中主义者。

当然，如果你非要做出取舍，我会犹抱琵琶半遮面地承认，当我们竭尽所能去讴歌人性善时，真相一定会是人性恶。

1.1 《西西里的美丽传说》：被美貌揭发的卑劣人性

单是为了满足一下我们与生俱来的偷窥欲望，也应该把这部电影好好看一看。因为，电影的主演是号称这个世界上最性感的女人——莫妮卡·贝鲁奇。而且，这部电影一定会带给你更多不曾期待的意外惊喜，这一点，我敢用自己的人格担保。

西西里岛上一个美丽小镇的居民玛莲娜的人生遭遇，既是由宏大的历史背景——第二次世界大战造成的，又是由小镇的特定人文背景——小镇居民的生活状态与文化传统造成的。当然，这里绝对值得一提的就是女主人公的美貌，否则，这个故事将无法符合逻辑的推进。

二战先是夺去了玛莲娜新婚宴尔的丈夫，虽然后来事实证明战争只是夺走了他的一只臂膀，但有些事情却由于他的缺席而无可挽回地发生了。后来，在一次空袭中，和她相依为命的父亲又被炸弹夺去了性命。于是，她成了真正意义上的孤家寡人。

生活变得越来越艰难了，对于一个年轻貌美的寡妇而言尤其如此。除了物质上的拮据，她还必须承受整个小镇所有男人的精神亵渎和肉体觊觎，以及所有男人妻子的嫉恨和咒骂。由于上述原因，她根本无法在小镇上得到工作来养活自己，甚至还因为两个男人为她争风吃醋而惹上一场荒唐的官司。为她辩护的律师帮她赢回了脸面，可事实证明她为此失去了更多：那个又老又丑、猥琐粗俗的律师居然在占有玛莲娜之后却没有勇气和她结婚，原因仅仅只是他母亲的反对。

由此，玛莲娜希望通过委身于人的方式来获得生存机会的努力，终以失败告终。残酷的现实，以及更加残酷的小镇居民，把一个聪明贤淑的良家妇女推到了绝望的边缘，而原因只是她的美貌。生存本能迫使她做出了最后一种选择——她沦为娼妓。

德军很快进驻了小镇，她的美貌自然会把她出卖给德国人。

《西西里的美丽传说》
（2000）

后来，美军赶走德军解放了小镇，可玛莲娜的噩梦并没有因此结束。小镇上的那些怨妇冲进妓院，用尽了欺凌侮辱的所有方式，把玛莲娜打得体无完肤，并且驱逐了她。——说来可笑，她们害怕这个天生丽质的女人会夺走自己的丈夫，而当这个女人不得不放弃一切，通过出卖身体来求生的时候，她们非但没有给予任何同情和理解，反而更加痛恨这个让自己丈夫在妓院里"堕落"的女人。不禁感叹，有时人的思维方式就是如此离经叛道、匪夷所思，而这种思维方式的根源在于卑劣的人性。

她们不知道，正是由于自己当时的所作所为才把这个女人推进妓院；她们更不愿意承认，真正把自己丈夫推向"堕落"的人正是她们自己。

于是，无辜的玛莲娜带着身心重创，悲愤交加地乘火车离开了这个小镇。是的，作为一位除了美貌一无所有（也可以说是因为美貌而变得一无所有）的弱女子，命运对她实在太残酷，从来就没给她任何选择的机会。顺便说一句，如果影片到这里就结束的话，那它绝对成不了经典。是的，它只会留下我们在那里唏嘘和愤怒，却没有让我们看到一丝希望——它会因此失去所有力量的，哪怕它让我们见识到了人性的真相。

是的，影片绝对不能就这样结束，要她就这样承受如此不堪的命运，太不公平了。天生丽质怎么还会成为一个人的致命缺陷、成了个体悲剧性命运的根源呢？这太让人绝望了，这样的电影缺乏起码的人文关怀……

好在，电影还在继续。后来，她的丈夫回来了。他四处奔走，想要找到自己的妻子。人性的卑劣在这里变得更加暴戾：镇上居然没有人理会他，更没有人说出事情的真相，甚至昔日的好友也装作不认识他。终于，本片的叙述者——那个一直"暗恋"，甚至和玛莲娜发生过"关系"的、想要保护她而又缺乏足够能力的男孩，向他讲述了事情的经过。他立刻搭乘火车去找寻她。

于是，在影片的结尾处，最让人感动的那一幕终于呈现在我们眼前。此前，我们的心情跌入谷底，我们的愤怒无以复加——现在，所有的一切都得到了最好的补偿。一年后的一天，玛莲娜和自己的丈夫，手挽着手出现在小镇的街头。她风韵犹存，可青春亮丽这样炫目的辞藻应该已经不再合适形容现在的她了。人们像以往那样停下来，吃惊地看着她，窃窃私语——她脚下滑了一下，但依然非常坚定地向前走着。

看到这里，我的眼睛是湿润的。我知道这个小镇的居民欠她的实在太多了。而现在，她想要回的，只是自己做人的尊严……最后，玛莲娜在集市中购物，对这些曾经侮辱她、诽谤她、殴打她、驱逐她，几乎摧毁她生命的人，报以微笑，并主动问好。是的，她宽恕了他们。可能，这是她可以做出的对于这个冷漠世界的最好惩罚吧，并用这种姿态，笑面卑劣的人性。

值得说明的一点是，整部电影是通过一个小男孩的眼睛、想象和经历来叙述的，这个角度恰到好处，可以充分满足我们偷窥的欲望。但是，我想说的是，它绝非一般意义上的所谓"情色电影"。它的主题是深刻甚至沉重的，它相当严肃。美貌之于女子，究竟是福是祸我们暂且不论，单说小镇居民在一次次对于美貌的追求、亵渎和把玩中，就已经把人性的阴暗进行了一场相当精彩的全景展示。

同时，这是一部深入探讨人与社会的关系的作品。事实上，

我们每个人都在不同程度上同时扮演着玛莲娜和这个小镇的居民。我们既要为自己的生活不停付出代价，同时又自觉不自觉地成为别人生活的障碍。不知这是我们的悲哀，还是我们必须面对的命运之谶。

影片开始时，一群孩童用放大镜聚光，把地上的蚂蚁烧焦。他们一面看着蚂蚁的生命在自己的恶行中痛苦的消逝，一面又装成无辜的样子，为小小生命的离去而郑重祈祷。这真是太荒谬又太残酷的真实——很多时候，我们一面仁义道德，一面又将别人置身于水深火热之中。

这个具有明显象征意义的片段，究竟是在怜悯玛莲娜那多舛的命运，还是对小镇居民卑劣人性的无声控诉？

1.2 《西蒙妮》：究竟什么才是真实的？究竟谁才需要真实？

正如大家一直认为的那样，在电影史上，被奥斯卡忽视的电影有很多部。它们是如此优秀，以致于每当我们欣赏它们的时候，就会觉得奥斯卡是个不可一世更不可饶恕的混球儿——比如，它居然忽视了《后窗》（1954）和《肖申克的救赎》（1994）。

现在我想说的是，《西蒙妮》（2002）很有可能也是被奥斯卡忽视的一部杰出的电影——甚至，它也被很多浮躁的观众忽视了。

虽然和《楚门的世界》（1998）同样出自导演安德鲁·尼科尔之手，其题材和内容也有诸多相似之处，但静下心来想想，

《西蒙妮》（2002）

《西蒙妮》在讽刺挖苦好莱坞电影工业和这个无法理喻的世界方面，显然要比《楚楚门的世界》走得更远。比起《楚门的世界》的张扬和惊爆，《西蒙妮》是明显低调而内敛的，它用正剧的形式，上演了一出最最华丽的讽刺喜剧——可能这也是它没有得到足够重视的原因吧。然而，在我眼中，《西蒙妮》绝对要比《楚门的世界》更具力量。

我更愿意把《西蒙妮》看作是一个电影版的人生寓言。当我们的事业开始走向颓势，我们自己也开始逐渐淡出别人的视线——这个时候，我们最希望得到的，是曾经的"关注"。那种感觉实在太美好了，成功，成功噢，多么诱人的字眼！为此，我们甚至可以制造谎言、放弃真实。

然而，问题的关键在于：就算你因此挽回了那些渐行渐远的目光，得到了渴慕已久的心理安慰，但是这时的你已经不再是原来的你了。换句话说，你为了得到你想要的成功，却放弃了真实的自己。你想证明自己的存在，却让这种存在背叛了你"自己"本身。人生最大的讽刺，莫过于此——你渴望成功，可当你功成名就，回首往事的时候，却发现这种成功偏偏排挤掉了你身上的"自己"。

为了一个看似真切实则荒谬的目标而迷失了自我，是被这个浮躁社会所定义的全部"成功"的通病。

我想说的是，为什么表达同样主题的《公民凯恩》（1941）可以获得巨大的成功，而《西蒙妮》却不可以呢？这使我在更多时候不得不承认，成功是不可以复制的，哪怕你所选用的是你所特有的、独创的方式。这种宿命的感觉也让我开始怀疑，获得成功是否真的就如同我们想象般珍贵。我想说的是：万一，是成功错了呢?

在影片进行到一个半小时的时候，当导演打算"杀死"西蒙妮的时候，那样的对白(其实准确地说应该是"独白"，哈哈!)是我所能想象到的，对于这个世界、对于这个世界的我们内心的状态的最为精准而犀利的文字了，哪怕还没看过这部影片的你无法体会它的真意。这段对白是这么说的——

"怎么了，维克多? 你很悲伤的样子。你不再爱我了吗? 结束了，是吗?"

"我知道你在想什么，西蒙妮。这是一个尔虞我诈的世界。我们都生活在一个大谎言中……那为什么你就不该活着呢? 你比崇拜你的所有那些人都要真实，这是个问题。你所看到的才是真正的虚假……我告诉自己这都是为了作品，但如果真是这样的话，我就不会介意……可我真的在意。对不起，西蒙妮，我努力让世人相信，你真的存在，但我真正在做的，是想证明我的存在。并非你不是人，我才不是……"

我不想透露剧情。看过这部电影，你一定知道我在说什么，这段对白在说什么，然后开始痛恨自己的存在方式，以及自己在场的这个世界，相信我。

1.3 《南京! 南京! 》: 碎谈

一直认为电影要比现实来得美好，直到今天，看了陆川的《南京! 南京! 》(2009)。

放映厅里坐了大约三分之二的观众。和上次来这里看电影有很大不同，让我很惊奇的是，在观影的两小时零十分钟的时间里，除了偶尔响起的电话铃和接电话的声音，大家居然如此沉默——我幻想在影片结束的瞬间会有人发出零落的掌声，但是没有。之后，我病恹恹地跟随这沉默的人群走出放映厅，并一直试图消除电影带给我的悲愤与不安。

影院是在顶楼。于是，从那个购物广场的顶楼乘坐阶梯式电梯，一层一层地慢慢转下来。突然发现，购物广场——这样一个消费时代里的典型符号，那些汇聚其中的、曾经被我蔑视进而排斥的物质气派，在这样一个时刻里，居然会如此美好。歌舞升平，该是一件多么快乐、令人感动的事情。

相比之下，电影太沉重。沉重的主题，沉重的叙事方式，以及沉重的视角。那些在影片中不断出现的面部特写，那些突兀的、白得刺眼的受害女性的裸体、那些呐喊，以及暴戾、冷峻而深沉的射击声——无一不把这样一部写实主义影片的冲击

《南京！南京！》（2009）

力发挥到极致。

关于电影，不想再多说什么。陆川是一个令人肃然起敬的导演，哪怕他选取的视角会让那些神经脆弱的人坐立不安。而关于那段历史，最令人遗憾和痛心疾首的就是——它无法假设。那该是一个民族内心深处永远的伤疤了，用什么样的方式去面对它，值得我们每个人认真思考。

而关于今天的日本政府和民间，我想说的是：对于那段历史的态度是他们自己自由选择的问题，我们没必要那么敏感。但我确信，不同的选择会导致不同的未来，那是我们共同的未来。

1.4《狩猎》：偏见有多深，信任就有多难

是的，这就是人性的卑劣，卑劣到了作为人类存在中的一员，我感到羞耻。

感觉这部电影是男版，同时也是加强版的《西西里的美丽传说》（2000）。虽然故事情节迥异，却同样直指人性最为阴暗的角落。一位友人对此的表达方式是——

《狩猎》（2012）

庸众的迫害，一个是对美人，一个是对善心。

孩子不说谎。可当我们真的这样以为的时候，我们就太天真了。恶作剧一样的小小报复，蝴蝶效应一样，会改变一个人的命运。

有个观点脑洞比较大，是说一个物种为了繁衍生息且持久存在，会近乎本能地清除这个物种之中出现的最远离平均水平的个体，无论这个个体是更优秀，还是更低劣——因为这两类个体虽然差异巨大，但他们在危及物种生存的稳定性方面，作用是一致的。

我在想，难道男主人公所遭遇的只是人类保持物种良性繁衍而进行自我清除的一部分吗？如果真是这样，我凭什么不绝望？

偏见有多深，信任就有多难。

1.5 《驴得水》：一场荒诞戏谑的黑色闹剧，让我们又一次选择沉默

西北某乡村小学，几个怀揣梦想的教师和一头驴，在简单到了简陋的布景前，上演了一场荒诞戏谑的黑色闹剧。

对于利益的非分之想轻易就让他们把一头运水的毛驴变成了吕得水老师，这样的叙事起点其实已经在提醒我们注意，不要再对他们抱有太高期望了。然而随着剧情的发展，必须承认，我真的没想到他们会走得那么远。

当我们不停讴歌"人性善"的时候，真相一定会是"人性

恶"——因为我们天然就会嫉妒自己想要拥有却无法企及的"身边的美好"，只是出于自我保护的需要，才把嫉妒伪装成赞美。影片并不打算在这个问题上多做纠缠，事实上，它绕开了这一点，直接就去呈现人性之中最为卑劣的部分。

我们发现，在享用这份本不属于自己的利益的时候，他们都会心安理得；而一旦这种利益有被侵犯乃至剥夺的危险，他们却会如此介意，甚至不惜通过更多劣行来掩盖劣行。于是，情况就开始发生了逆转：从最初为了实现教育理想而情有可原的小聪明，到后来为了维护既得利益而凶相毕露的大糊涂。虽然每个人的心路历程不一样，有主动投怀送抱的，有被报复心理、威权、亲情和梦想裹挟的，可结果却是惊人的一致：没有人能够坚守，他们全线溃败了。

告诉我，要有多么坚强勇敢，才可以不忘初心？

校长的每次妥协总会显得如此滑稽，正如他对保住学校、进而实现梦想的坚守总会显得如此无奈一样。事实上，无论妥协还是坚守，他的努力总是悲剧性的；魁山先是因为感情受挫而满怀愤怒、肆意报复，随后又彻底放逐了自己，彻底投奔物质利益的怀抱；佳佳，这个被铁男指责为"单纯小孩"的角色反而是片中最能做出正确选择的人，然而她没有能力实施自己的选择，因为她被亲情裹挟，不得不一再屈从于父亲的意愿；铁男的仗义豪情被威权在一瞬间摧毁，英雄还是奴才，是由一颗射出的子弹能否准确命中目标来决定的——个体命运就是如此狗血、如此具有娱乐性；铜匠，一个被"睡服"启蒙，进而在享受身体狂欢、领教绝情伤害之后彻底改变心性的天才，显然，这段经历将导致他再也无法回归曾经的蒙昧与质朴了，对于一个前途渺茫的人而言，这究竟是好事还是坏事？

比较而言，一曼可能是片中惟一的"例外者"，但是千万不要忘记，她死于自杀。如果此前的"睡服"之举可以为她的放荡不羁提供借口，但是随着剧情的发展，这个当代版"羊脂球"的命运终于被惨烈呈现。然后终于懂得，放浪只是掩盖脆弱的方式，灵魂的自由也只有通过自杀来获取。

别忘记特派员的脑袋被驴踢了；别忘记铜匠老婆对他们说的那句"你们才是牲口"的话；更不要忘记佳佳在影片结尾处打开的那只箱子——他们怀揣的那些梦想，就像此时沿着山坡倾泻而下的五彩弹球一样，遗失是最后的结局。

别怪我刻薄，我习惯了。影片中的他们，就是现实中的我们。这就是为什么当你走出放映厅的时候，会觉得不快乐——你本想和我一样在影片中得到《夏洛特烦恼》（2015）那样的快

《驴得水》（2016）

乐和感动，却不得不体验了一次不期而遇的绝望。重点在于，即便我们知道了真相，却也无从改变。

　　只是，当一场讨论吃空饷的荒诞闹剧都可以让人如此绝望，除了沉默，我们还能怎样？

2

如果孤独是种宿命，我们为什么还要挣扎

人是一种孤独至死的动物，因为我们终究无法彼此理解。有研究机构进行了一项有趣的调查，结果显示：当你不说出自己真实想法的时候，就没有人能知道它；当你说出自己真实想法时，也只有37%的人可以准确地理解它。其实这一结论很好解释。首先，我们并不渴望被所有人理解，因此不会对所有人说出自己的真实想法。事实上，我们只希望被自己最在乎的人理解，而在一生之中我们真正在乎的人又少得可怜，因为说到底，我们只在乎自己。其次，在排除掉了绝大多数人之后，当你试图与自己在乎的人交流、尝试被他（她）理解时，你说出的每句话所面对的，又是一个有着独特价值观和特定思维方式的个体。这导致你的每句话都要经过他（她）的价值观和思维方式筛选之后，才能进入他（她）的世界。换句话说，当你尝试被理解时，所面对的不是一张等待打印的A4纸，而是一个结构复杂、极富个性而且情绪多变的信息输入-反馈系统。

现在，你知道自己为什么孤独了吗？

2.1 《少年派的奇幻漂流》：坚守那份孤独、那份荣耀

这是我看过的最不可思议的灾难片，如果它是的话。

而且，这部电影最不可思议的地方在于：它用唯美的画面和简单的情节，关照了我们跌宕起伏、颠沛流离的人生——是我们每一个人的人生。

人是孤独致死的动物。当我第一次在那个宣称"让我们用音乐倾听彼此"的非主流音乐网站上看到这句话时，我深深被它冷静到残酷、犀利到绝望的预言式洞见所震慑、所伤害——哪怕我们知道事情的真相，可一旦这个真相就这样毫无遮掩、触目惊心地出现在眼前时，承受起来还是很有难度的。因为它太过直白，直白得让人惶恐。

所以我更喜欢《少年派的奇幻漂流》（2012）。因为它很含

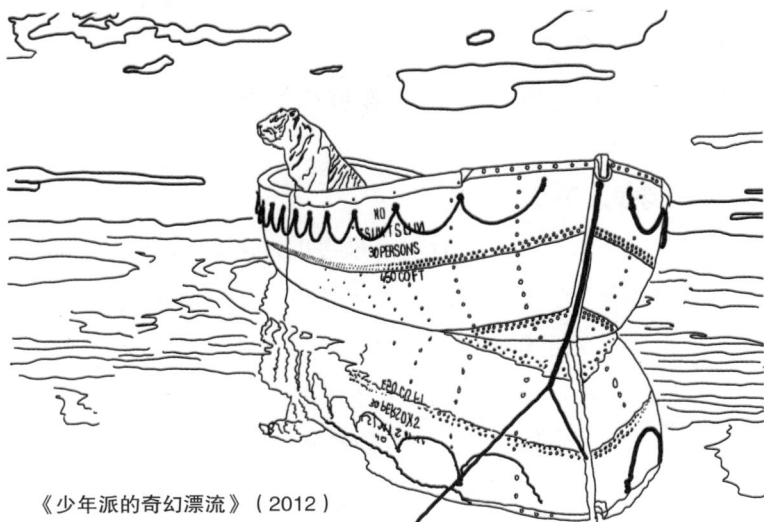

《少年派的奇幻漂流》（2012）

蓄、很委婉，也很浪漫。甚至，它和李安本人一样温文尔雅、风度翩翩。它是一个人生寓言，我们的全部人生，都融化在那些唯美的画面、简单的情节、幽怨的音乐中。而我们人生的真意，在影片中得以诗化的呈现。

生命是一场抗争，源自生存本能却又绝非仅限于此。对现状的不满足、不甘心，是它生生不息的动力。一旦停歇于表面的温暖，眷恋于眼前的美好，人生的魅力也就此戛然而止。而且，我们终归是要通过欺骗来获得理解的，这太残酷，却也是对我们真实人生的绝妙讽刺。少年派的真实经历没人愿意相信，他终于学会妥协，用欺骗的方式回归主流社会。而真相不被相信的真正原因在于——没有人愿意面对那个真实的自己。

好吧，就让我们坚守各自的孤独，那份单单属于我们每一个人的，不被理解的、无法言喻的孤独，尽享生命带给我们每一个人的荣耀。

哪怕我们注定无法倾听彼此，哪怕我们注定孤独至死。

2.2 补遗：《山河故人》《荒野生存》

《山河故人》（2015）

随着屏幕由窄变宽，时间由过去进入未来，我以为这部电影是在讲述爱情、亲情、自由、乡愁、暧昧以及挣扎。但是我错了，它只是在讲述孤独。

台词之一：每个人只能陪你走一段路，迟早是要分开的。

台词之二：牵挂是爱最痛苦的部分。

《山河故人》（2015）

《荒野生存》（2007）

你可以错过整部电影，但请一定记得它的最后一句台词——没人分享的快乐，不是真正的快乐。

这是影片主人公用生命换来的感悟，临死之前，他把这句话刻在了那辆废弃大巴车的车厢里。人的社会存在本质决定了孤独的有限性，事实上，当快乐没人可以分享的时候，孤独也就转化为绝望。从这个意义上看，影片主人公不是死于意外的食物中毒，而是死于绝望。

每个人的人生都只有一次，每个人生都是一去不回的冒险。在不危及他人和社会的前提下，每一种冒险方式，都值得尊重。只要你确信这种冒险方式是你想要的，那么，这就是你生而为人的意义。

《荒野生存》（2007）

3

以"主义"之名，夺"权力"之便，享"利益"之实

必须承认，当我面对"政治"这个词的时候，内心的情绪体验是非常复杂的，哪怕我是一名政治学博士，并在相关研究领域混迹多年。我想说的是，作为一种对于社会稀缺资源进行权威性分配的思考、行为及其后果，政治远比我们想象中更贴近生活——事实上，它是日常生活得以为继的要素。而且，无论怎样反感、厌恶和排斥，无论是蒙昧时期还是文明时代，政治都是人类社会生活的运作方式。它就在那里，川流不息。

以"主义"之名，夺"权力"之便，享"利益"之实，基本构成了我眼中的"政治"的三个要素。

3.1 《十月围城》：为了实现群殴的仪式化，必须群殴

影片通过孙文召集各地革命骨干去香港密谈革命事宜，清廷得知此事就派人去香港刺杀孙文作为主要叙事线索，全景式地展现了香港方面的"革命者"为了保证孙文的人身安全及密

谈的顺利，而进行精心策划与充分准备的过程。然后，在影片后半段的高潮部分，清廷派出的刺杀者与香港方面的"革命者"之间，上演了一场持续不断而又异常残酷血腥的群殴。的确，要革命就要有牺牲，这种代价，有的时候真是达到了让人不忍直视的程度——历史经验表明，往往越需要民主的国度，对民主的排斥就会越强烈。于是，为了实现民主，实现群殴的仪式化，就必须要进行大规模的、旷日持久的、惨绝人寰的群殴。这会不会是传统国家民主化进程中必须付出的代价呢？说来讽刺，倡导群殴仪式化最为激进的政治精英们，必须要通过发动声势浩大的、荷枪实弹的群殴才能捍卫自己的梦想。很多时候，政治就是如此荒谬而真实。

我觉得影片最大的亮点，是对香港方面"革命者"的描写——也许，这也正是影片的用意之所在。影片反映出了一个无法回避的真相，那就是：真正懂得"主义"，被革命理论"启蒙"了的民众其实是非常罕见的，哪怕革命到来之时，他们被裹挟其中，甚至付出生命的代价。这也是我在行文中一直把"革命者"加上引号的原因。换句话说，他们也许并不是真正

《十月围城》（2009）

意义上的革命者，却在无意中被历史赋予了"革命者"的使命。于是，他们的牺牲就带有一种悲壮与蒙昧并存的讽刺意味了。

让我举例说明一下吧。说得狠一点，影片中除了梁家辉扮演的陈少白之外，其他人都不是真正的革命者。

李玉堂，影片展示了他的思想转变轨迹，从开始默默资助革命，却坚决禁止独子参与革命；到当他以为好友陈少白被刺杀，读到了陈少白给他留下的"遗书"，从而转变成了事实上的香港方面"保驾行动"的总策划——甚至，还公然抵制香港警司对自己报业的查封，更发出了慷慨激昂的革命呼声。然而，仔细想来，他其实并不是一个革命者——他很爱国，也仅仅停留在爱国者层面。他痛恨清廷的腐朽，盼望国家振兴，可他并不真正理解孙文及其倡导的那些"主义"。我更愿意把他的行为看成是一个爱国商人的义举，其中还掺杂对好友陈少白的那份"义气"——受人之托，成人之事。

正因为如此，他那慷慨激昂的革命呼声才会引发观众的哄笑。是的，他只是在重复陈少白对他说的话而已，其中的真意他未必懂得，更无所谓践行。正因为如此，在他紧锣密鼓地招兵买马和进行秘密策划的时候，独子在第一时间被他排除在外，他必须保证儿子的安全；正因为如此，当他发现独子竟然会成为孙文的替身而身陷险境，并最终惨死街头时，他彻底崩溃了。这个时候，那些所谓的"主义"甚至义气都已经不再重要，我们看到的只是一个老人痛失爱子的悲戚。

李重光，总该算成是革命者了吧？其实他也不是。他更像是一个少不更事的狂热信徒，却没有把对于孙文和革命的这种类似于宗教情结的美好感情，升华为真正的政治信仰。如果假以时日，他会的；但影片中的他，并不是——哪怕他的思想受到西学的"启蒙"，哪怕他已经考上了耶鲁大学。

说完了他们父子，其他人就更好分析了。李宇春扮演的那位，是为父报仇；任达华扮演的李宇春他爹，是想回天津；给李玉堂拉车的谢霆锋，是为了博得老板的欢心，"只要老板开心就好"——老板待他不薄、帮他提亲，他的行为中明显有报恩的倾向；黎明扮演这位呢，其实是为早些解脱而已，也顺便报答一下李玉堂的知遇之恩；巴特尔扮演这位甚至更惨，几乎就只是为了证明自己的功夫到底行不行了，他坦言"自己也不知道好不好，打完就知道了"；被谢霆锋动员起来的他的那些拉车的哥们，也就只是个"义气"而已……说来说去，都只是个人之间的私人情感，没有上升到政治信仰的高度和"为国捐躯"的层面——别怪我刻薄，他们连爱国者的身份都没资格谈起。

还剩下甄子丹扮演的这位我没说，他也不是革命者。原因在于他也是为了私人恩怨而参与这个事情的。不同之处是他把男人的"义"字和丈夫的"责任"一词诠释得酣畅淋漓。因此，他扮演的这个角色也成为影片的一大亮点。八年的赌徒生活使他失去了生命中最为宝贵的家人，现在，他要用自己的生命来捍卫自己的尊严。

……

影片让我对一句话的理解更为深刻了，这句话是：一将功成万骨枯。最后，从形式上看，革命最终还是成功了，推翻了几千年的封建统治。但这种革命却注定只是一场不彻底的革命，因为当时中国的社会基础和政治生态，以及远未被启蒙的民众都不可能支撑孙文领导的革命取得真正的胜利。孙文领导的这场革命的胜利是悲剧性的，而这一悲剧又是历史性的。

影片的成功之处在于，它能够以小见大，从一个恰到好处的视角说明了这个问题。

3.2 《国王班底》：也许，这就是我讨厌“权力”的原因

还是看过一些政治题材的电影的，从《查理·威尔逊的战争》（2007）、《福斯特对话尼克松》（2008）、《米尔克》（2008）、《真相至上》（2008），到早些时候的《生于七月四日》（1989）、《刺杀肯尼迪》（1991）和《塘鹅报告》（1993）……这类题材的影片在票房上往往会费力不讨好，但是如果足够幸运的话，可能会得到奥斯卡的垂青。

我想说的是，虽然《国王班底》（2006）试图凭借自己精良的制作和强大的阵容去冲击奥斯卡的野心没能实现，但这丝毫不会影响它成为我最喜欢的政治题材影片。

首先，作为一部电影，不可能有比它更完美的故事架构了。

第二，它张力十足。

原著小说，无论是故事本身还是叙事方式，都已经给影片搭建起了一个足够完美的平台，可以任由电影主创人员一展拳脚、放手一搏。而从资深记者杰克的眼中来看待威力·史塔克及其转变，绝对是一个神来之笔。

这样做的好处是：其一，杰克成为影片的线索性人物，他可以把错综复杂的人物关系、时空关系、情感纠葛一览无遗、条分缕析；其二，既然杰克是资深的记者，又是整个故事的亲历者，所以他最有发言权。于是，那些画龙点睛的介入性评价

总会在最恰当的地方出现，没有丝毫的突兀和矫情。

第三，它足够深刻。

政治题材影片，却并不只是单纯的关注政治本身。看过电影就会惊奇地发现，影片对于它所描述的一切都有独特的关怀。这部电影使我似乎更有理由坚持自己的一贯想法——政治是中性的，但权力不是。权力对于人性、道德乃至情感，以及一切我们认为美好的事物，都是一种异化的力量。虽然在更多时候，它炫目得让我们忘记了这一点。

片中男主角威力·史塔克的转变就是一个强大的明证：他从一个理想主义者，变成一个老练的、玩弄政治于股掌之间的政客。曾经被他所痛恨的、厌恶的、发誓抗争到底的那些社会顽疾终于把他裹挟其中，并且淹没掉了他。于是，那些回荡在片尾振聋发聩的激扬言辞，那些曾经让我们振臂狂呼、神情激

《国王班底》（2006）

荡的言辞，注定会成为一种悲剧性的存在。

最终，就像我们所感受到的那样——它只是为理想主义在惨淡苟且的现实面前是多么不堪一击，提供了一条无关痛痒的佐证。

听着，听我说，睁开眼睛，看清事实！除了乡下人自己，没有人会理会乡下人的。由你决定是否要惩罚这些寄生虫，由你、我，跟上帝来决定！把哈里森钉起来！把麦克墨菲钉起来！把挡着你的混蛋钉起来！把挡在你跟公路、桥梁、学校和食物之间的混蛋钉起来！只要你把榔头交给我，我就去执行！

无论如何，那些言辞会长时间地停留在我们记忆深处，挥之不去。毫无疑问，这些言辞曾经让我们看到了希望，不是吗？我们需要它在，哪怕它所带来的美好想象只会让我们感到现实的残酷。

最后说句题外话，我觉得西恩·潘在本片中的表演要远胜过让他摘取奥斯卡影帝桂冠的《米尔克》，这一点让我多少有些困惑。也许，好的资质还要加上好的运气才能成就一番伟业，似乎在更多时刻里，我们领教到了机缘的力量。

3.3 《商海通牒》：在确保利益最大化的战争中，我们都输掉了自己。可是，谁在乎？

在事关个体未来职业生涯走向的重大变故来临之前，每个人都要做出自己的选择。因为不同的选择，结果会不同。而真正能够主导自己的选择的，永远只是极少数人。更多时候，我们不得不接受极少数人帮助我们做出的选择，哪怕这种选择背离了我们的初衷、信念和梦想。我想，这就是这部影片带给我的最大触动。

《商海通牒》（2011）

在影片最为精彩的桥段，我本以为会有人坚守自己的道德底线，为荣誉而战，可电影显然不想在这里玩什么道德教化。是的，这些都不重要，因为我们要面对的，只是这个真实、残酷而冰冷的现实。我们不无遗憾地看到，确保利益最大化的原则超越了一切也引领一切。到头来我们能够做的，只是或快乐或痛苦地接受，而接受，则是我们的宿命。

我整日忙碌，看电影是给人生透口气的方式。而现在的我比以往任何时候都更加清楚，这种忙碌完全是功利性的。我不想抱怨，也无从改变，只能或快乐或痛苦地接受，就像影片中的每个人一样，只能接受极少数人帮助我们做出的选择。社会资源会集中于少数人手里，他们通过分配资源的方式掌控着其他多数人的命运，这就是我们赖以生存的体制的运作方式。

在利益面前（哪怕只是眼前的利益），我们究竟有多渺小？看过电影之后，我们都会有自己的答案。凯文·史派西在影片中有句感慨：

我留下来并不代表我接受了你的开导，这只是因为我比较缺钱……很难想象，过了这么多年，我还是缺钱。

是的，让我们受制于人的只是我们对于钱的欲望和既得利益的偏执。利益可以轻松摧毁我们的价值观、道德底线和全部信仰，以及由此派生出来的一切美好想象。

最后我想说的是，不要忘记影片的另外一个译名是：利益风暴。我们都被利益洗脑了，所以，我们才会逐渐忘记自己原来的样子，变成了此时的我们。

4

困境与突围：一些自以为是的电影批评

作为一个业余得有点滑稽的电影爱好者，在看过很多猪的各种跑之后就自认为有资格对猪指手画脚了。这也成了我的最大缺点：管不住自己的嘴。殊不知这种冒充内行、指点江山的劲头恰恰暴露了自己的拙劣本性，这一癖好也让我终于明白，自己只是一个平凡到平庸、庸俗到低俗的好事者。这里列举了我的几篇不知天高地厚的"电影批评"，这些野心勃勃的文字显然无法指出困境，更无法实现突围，却足以证明我的浅薄。

也许，这已足够。

4.1 也谈"大片"：枚举与概括

一部典型的好莱坞商业大片，应该具备这样一些元素：

第一，破坏性力量。

可以是灾难、战争、事故、危机之类的，不一而足，但必须极具破坏性。就像就像《真实的谎言》（1994）中一触即发的核爆，就像《生死时速》（1994）中不能减速的大巴车，就像《独立日》（1996）中来势汹汹的外星殖民者，就像《泰坦尼克号》（1997）中撞上冰山的巨轮，就像《空军一号》（1997）中被恐怖分子挟持的飞机，就像《活火熔城》（1997）中触目惊心的火山喷发，就像《绝世天劫》（1998）中即将撞上地球的小行星，《珍珠港》（2001）中突如其来的战争，就像《碟中碟2》（2000）中让人不寒而栗的致命病毒，就像《后天》（2004）中不幸被言中的冰风暴……总之，破坏性力量是不可缺少的。

近年来，好莱坞商业大片的这种破坏性力量愈发变本加厉，从描写地球末日的《2012》（2009）到展现外星文明入侵的《洛杉矶之战》（2011），从声势浩大的《变形金刚》系列电影到引发万众期待的《信条》（2020）。更别说漫威和DC两家公司开始争先恐后打起地球保卫战，漫画里的一众超级英雄——蝙蝠侠、钢铁侠、超人、绿巨人、神奇女侠、雷神、X战警、美国队长、死侍、惊奇队长、蜘蛛侠（排名不分先后＆公司）……纷纷登上电影银幕，每年不把地球捅几个窟窿是绝不肯善罢甘休的。

第二，正义或者正能量，以及正义的最终胜利和正能量的普度众生、君临天下。

回顾这么多年以来，这方面的惟一特例来自《复仇者联盟3：无限战争》（2018）中的那个至暗结局，好在不久之后上映的《复仇者联盟4：终局之战》（2019）中，正义再次取得了决定性胜利。

第三，爱情，以及让这种爱情极具观赏性和意淫价值的美女和帅哥。

爱情对于大片而言即便不是雪中送炭，也是锦上添花。而将爱情与灾难结合得比较完美的，有《泰坦尼克号》（1997）、《珍珠港》（2001）和《明日边缘》（2014）等。

《泰坦尼克号》（1997）

然后是作为辅助性元素的第四点，"细节完美主义"的编剧，再加上高大上的特效、剪辑和音乐。

理想状态下，辅助性元素可以把破坏性力量、正能量和爱情天衣无缝地结合在一起；在更多情形下还是会有点瑕疵。然而，在我们吃着爆米花、喝着可乐的观影当下一般是看不出这些瑕疵的，回家路上稍稍琢磨就一定会发现问题。

一般而言，一部好莱坞商业大片的成功，和以上元素及其结合水准正相关。

一部成功的大片能够带给我们巨大的视觉冲击和音效享受，用以满足我们的所有殷切希望和美好想象。同时，它还具备另外一个重要特征：那就是，它在完成上述使命之后，还可以奇迹般地不在我们的生命深处留下一丝痕迹。

也许，这就是"大片"。

4.2《盗梦空间》的成功突围：从"炫技主义"回归"剧本创新"

炫技主义，这一曾经让好莱坞电影风光无限的核心竞争力已日渐式微，《阿凡达》（2009）在技术领域的创新是对好莱坞技术困境的一次突围。然而很显然，不是所有的电影人都拥有卡梅隆那样的号召力、想象力和勇气。因此，大多数影片还是被笼罩在炫技主义的阴影之下苦苦挣扎着。在这一境遇之中，我们看到了《变形金刚5：最后的骑士》（2017）——它已将好莱坞的炫技主义做到了可能的极限。说它是黔驴技穷，一点也不过分。

说到底，炫技主义使得好莱坞电影只能在快慰我们感官的道路上越走越远，却越发远离了我们的心灵。说起来，这明显背离了电影的初衷。

而《盗梦空间》（2010）不一样——虽然说到技术，它并不比其他任何一部电影做得差。在我看来，《盗梦空间》的成功之处、它的核心竞争力不再是技术，而是理念。毫无疑问，这部电影为那些无法"卡梅隆化"的电影人提供了一个非常重要的突围路径，那就是：回归"剧本创新"。

克里斯托弗·诺兰从未让我们失望过，虽然每一次，他都选择了一个我们无法预料的方向。看完电影之后，我最钦佩的是诺兰强大的编剧能力。我相信很多看过这部电影的人都会有这种感觉。是的，正是他的奇思妙想，再加上严谨到苛刻的缜密推敲与逻辑论证，成就了这部电影。

于是，影片在带领我们穿梭实现与梦境之间，上演一场精彩纷呈、惊心动魄的好戏时，我们会由衷感慨，踏踏实实地回归剧本，进行剧本创新，对于一部电影而言有多重要。

当然，这部结构复杂、逻辑严谨的电影多少让我担心一点：它会不会导致自杀率的飙升啊？——既然摆脱梦境、回归现实的唯一途径是死在自己的梦中，于是，当我们觉得自己生活在梦境、被困在梦境时，我们就会选择极端的方式来摆脱噩梦，正像片中的女主人公梅尔所做的那样。显然，它把现实当成了梦境，于是，想要回到它所以为的现实的愿望杀死了它。

唯一的问题在于：就像在影片结尾那个不停旋转的陀螺带给我们的惊恐那样——此时此刻，我们究竟是生活在梦中，还是在现实？

INCEPTION

《盗梦空间》(2010)

4.3 《西风烈》：一场混乱不堪的廉价闹剧

记得是赶午夜场看的这部电影，看完之后整整二十四个小时过去了，可我还在痛恨自己为什么会去看它。于是，就有了这篇大吐其槽的文字。

我不是一个很刻薄的人（好吧，其实我很刻薄），并不想用什么尖酸的语言来打击这部电影，但我还是想说，如果我们的电影都按照这样的路子发展下去，那它可能会比中国足球更加让人痛心疾首。

整部电影的叙事逻辑已经达到无厘头的程度了，那种前后不一、自相矛盾、剧情混乱的问题随处可见。最让我无法接受的败笔有这么两处：

其一，"牦牛"拉肚子，"藏獒"一本正经地做起了广告——"吃这个，专治拉肚子！"于是，在银幕上触目惊心地出现了某某止泻药的大幅画面。植入广告能够如此偏离剧情，达到登峰造极、叹为观止的程度，相信一定雷倒好多和我一样没有思想准备的观众。

其二，在影片的最后，"豹子"居然一本正经地接起有关"我们弄到签证了，你和我们走不走"这样一个让人啼笑皆非、莫名其妙的电话。要不就是编剧脑袋进水，要不就是编剧以为所有看电影的人都脑袋进水，这样的"神来之笔"彻底把这部电影带给观众的，一直被勉强压制着的愤怒转化成了仇恨。

如果说这就是电影主创人员的目的，那么必须承认，它实现了自己的全部野心。我没有任何恭维张艺谋的意思，但从

《西风烈》（2010）的叙事逻辑混乱程度来看，它已明显超越了《三枪拍案惊奇》（2009）带给我们的困惑。

再说一下影片风格的问题，如果它还有风格的话。

想要在一部不到两小时的影片中融入多种元素来吸引观众眼球、满足不同观众的观影需求，从而谋求更多利润的愿望是好的，甚至也是应该的，毕竟是市场经济嘛。而且，的确也有影片在这个方面做出了榜样。

然而《西风烈》的问题在于，电影主创人员的这种愿望远远超出了他们的能力。他们打算弄出一点西部牛仔片的味道，再加上点悬疑片的推理、紧张与刺激，再加上点警匪片的正义战胜邪恶，再来点喜剧片的轻松与诙谐，然后，还想让它稍微弘扬一下主旋律、教育一下早已麻木不仁的观众。

可是他们太自大了，太狂妄了，所谓无知者无畏。于是，这部大言不惭的电影就这么稀里糊涂地横空出世了；于是，电影在不伦不类、牵强附会的道路上越走越远，终于创作出了一场混乱不堪的廉价闹剧。

事已至此，我想再次重申一下自己的观点，这也是我所一直坚持的：要想让影片出彩，必须杜绝浮躁，重新回归剧本、

《西风烈》（2010）

回到文本创作本身。只有尊重文本创作，写出像样的剧本，影片才有可能获得真正意义上的成功。在这个时候千万别说什么手头紧，那只是借口。相对于影片的制作费用，更让我们很多电影人感到吃紧的应该是创造力。又不是非逼着我们的电影人去拍什么《阿凡达》（2009）——而且把话说回来，《阿》能够成名立万的核心竞争力之一，也在于剧本本身的优秀。

让我们回想一下国内票房口碑都很好的电影，《疯狂的石头》（2006）的制作成本有多高？《我不是药神》（2018）的制作成本又会是多少？可它们都成功了，不是吗？

拜托，电影应该是用脑子创作出来的，相信我。

4.4 《改编剧本》：同好莱坞商业电影的坚强决裂与批判回归

重温查理·考夫曼和斯派克·琼斯合作的电影《改编剧本》（2002），居然体验到了首次观看时没能体验到的快乐与惊喜。正是这些快乐和惊喜催促我要写一下自己的感受。

说到故事情节，可能没有人能否认这个片子在开头时段带给我们的沉闷和拖沓，特别是当我们的观影取向已被好莱坞商业电影模式化了之后。你会情不自禁地说，不是吧，居然开篇就是大段独白哦，而且居然就是黑屏啊，注意，是黑屏哦。再说，这独白说的又是什么乱七八糟的东西啊？拜托不要这样啊……而当你终于盼来了画面，这个画面也几乎会终结你观赏这部电影的全部好奇。

因为我们必须承认，这可能是我们看过的尼古拉斯·凯奇最糟的电影形象了：秃顶而又乱蓬蓬的头发、臃肿的身材和驼背、萎靡不振的表情和粉饰内心虚弱的矫情微笑，以及不停冒汗的额头、敏感而自卑的眼神。而这个形象是属于电影中的角色——查理·考夫曼的。

说来可笑，查理·考夫曼写了一个电影剧本，而在这个电影剧本的很长篇幅里，都在描写查理·考夫曼是怎样挖空心思，试图写好一个由畅销小说改编成的电影剧本的。而到了电影结束的时候，他的这个剧本也写了出来。甚至，我们可以把这个剧本理解为（看来实际情况也的确如此）现在我们正在观看的这部电影，而电影就是根据这部电影中的男主角写出的这个剧本拍摄出来的。

怎么样，有点意思吧？

其实，这样一种层层嵌套的叙事方式（叙述的内容又是如此之"平淡"）已经足以让人对电影望而生畏了，可是实际情况还并不仅仅如此。很快，你会在影片中看到尼古拉斯·凯奇以另外一个人的身份出现了——所谓的查理·考夫曼的孪生兄弟唐纳德·考夫曼。而这个要命的唐纳德·考夫曼，居然也在写着一个电影剧本！

之后，和这两个人都在写着电影剧本的这个故事情节穿插进行的，是那个畅销小说的作者苏珊·奥尔琳（由梅丽尔·斯特里普扮演）在写这部小说之前，或者说为了完成这部小说，而和小说中的主人公，偷花贼约翰·拉罗歇结识以及对他进行采访的一些经历。

好了，到目前为止，除了电影的叙事结构有些复杂，一反好莱坞商业电影的常态之外，整个剧情都以平淡无奇的方式进

《改编剧本》（2002）

行着。而在电影开始不久，那些戏谑而又荒诞的关于地球生物进化以及主人公诞生的快进镜头，也并没有把我们的好奇心延续下去——事实上，除了这段和电影主旨内容毫不相关的快进镜头之外，我们必须忍受它缓慢的节奏和波澜不惊的故事。

你可能就是在这个时候选择离开，打算洗洗睡了，并且后悔自己为什么要选择了这么一部电影。然而我必须在这里提醒你，你正要放弃的这个部分很可能会成为你观影经历中最为遗憾的部分：要知道，"查理写剧本"和"苏珊采访偷花贼"这两个故事很快就要合二为一了，而且，这种结合很快就颠覆了前面被电影画面刻意营造出来的拖沓与苍白。

虽然我们不能期望这种变化会像蹦极那么刺激，但也足够讽刺和尖锐了：我们发现，原来畅销小说说谎了，事实上，苏珊不可救药地爱上了这个偷花贼，甚至她的裸照还被偷花贼放在自己经营的色情网站上；兰花，从电影开始时我们了解到的神秘、高贵、罕见，现在摇身一变，成了制作毒品的原料。也就是说，被畅销小说所津津乐道的圣洁典雅的兰花，原来竟是生产毒品的原料。

事情到此并没有完结——在真相败露之后，苏珊和偷花贼竟然打算用枪杀查理的方式来隐瞒实情，维持自己的名誉。查理和唐纳德在沼泽地中的一截枯树背后躲避追杀的当口，这对孪生兄弟进行了一场对话。我想，这段对话应该是影片中最感人也最具治愈功效的一幕了——

……

查理：我不想死，唐纳德，我已经浪费了我的生命，我已经浪费了。

唐纳德：你没有，你不会死。

查理：是我浪费了……我尊敬你，唐纳德，你知道吗？我整个一生都是麻木的。担心人们怎么想我，而你，你很健忘。

唐纳德：我并不健忘。

查理：不，你不懂。我的意思是恭维你……在高中的一个时候，我从图书馆的窗户看你，你在跟莎拉·玛莎说话。

唐纳德：哦，上帝，我是那么爱她……

查理：我知道的，你对她真的很好。

唐纳德：我记得了。

查理：然后当你走开了，她开始和金·甘蒂取笑你，就像他们在取笑我一样。……你一点都不知道吗？你看起来那么高兴。

唐纳德：我知道的，我听见他们的声音了。

查理：那你为何还会这样高兴？

唐纳德：我爱莎拉，查理，那爱是我的。我拥有她，即使是莎拉，也没有权力将它夺走。我可以爱我所想爱的人。

查理：但她认为你是可怜的。

唐纳德：呵，那是她的事，不关我事。你只要在乎你所爱的，不要在意有没有爱你的。那是我很久以前就决定的了。

查理沉默了一会，终于喃喃地说：谢谢。

……

清晨，苏珊和偷花贼还是发现了他们俩，混乱之中，唐纳德不幸中弹身亡。经历如此重大的变故之后，查理终于写出了这个曾经让他头疼不已的剧本，而且完成得近乎完美；他鼓起勇气向自己心爱的女人示爱，重新拾回了丢失已久的自信。于是，在影片的最后，伴随美妙的音乐，那些姹紫嫣红的兰花在快进镜头前面突兀生长、肆意怒放。

……

我想说的是，这部影片显然已经与传统意义上的好莱坞商业电影坚强决裂了。这种决裂在片中表现得淋漓尽致——但如果仅仅只是这种决裂，我发誓，我不会为了这种决裂而费尽心思地写这些几乎和电影的前半部分一样枯燥的文字——你会发现，影片在和好莱坞商业电影坚强决裂的同时，还恰到好处地以回归的方式，对商业电影进行了戏谑式的批判。

比如，查理在影片开始时对制片人说："我不想把这本书改编成典型的好莱坞剧本，那会糟蹋了它。……我不想在里面塞进性、枪支、追杀等，或者是人物得到什么人生哲理……这本书不是那样的，人生也不是那样的……"必须承认，这个观点极富营养。然而到了影片的高潮部分，我们惊奇地发现，这些被查理千方百计想要回避的元素居然在电影中悉数登场，而且还增加了毒品和偷窥这些更具诱惑的元素。

再比如，影片中的两位剧本作家一再强调，只有傻子或者笨蛋才在写剧本的时候用画外音呢，可事实是，在这部影片中偏偏充斥着大量的独白和旁白。哈哈，这也太具讽刺意味了！不得不由衷佩服查理·考夫曼，他是这个领域真正的天才。

我推荐所有喜欢尼古拉斯·凯奇、喜欢梅丽尔·斯特里普的朋友来看这部电影，我推荐所有对"文艺片"不感冒的朋友都来看这部电影。你会因此而改变自己对于所谓文艺片的所有先入为主的判断的，作为文艺片的启蒙，不会有更好的选择了。

4.5 我还能再说些什么？张导都拍出《三枪拍案惊奇》了

《三枪拍案惊奇》（2009）证明张导真得过分了，在放飞自我的道路上越走越远，速度越来越快。堕落也好，自暴自弃也罢，没有像他这么夸张的。事实上，他的"失准"已经达到令人发指的程度了。显然，老谋子彻底放逐了自己，用王一川的话说，他成了"闹剧主角"。

忍不住去想他的《红高粱》（1987）和《活着》（1994）。甚至到了这个时候，就连《满城尽带黄金甲》（2006）都是值得怀念的——起码，它拥有华丽的场面和恢宏的气势，哪怕在这种场面和气势的衬托下，影片的内涵流于苍白。

《三枪拍案惊奇》（2009）

其实张导不是第一个堕落和自暴自弃的导演。拍出《霸王别姬》（1993）和《荆轲刺秦王》（1999）的人也能拍出《无极》（2005），这就是明证。可张导堕落和自暴自弃的速度之快，态度之坚决，终究让人难以接受。以致于，如果没有铺天盖地的广告宣传，真的很难相信这会是他的作品；以致于，就算没有张导，这部电影也不会比现在更差劲了。

搞笑、整蛊都没有问题，无厘头、逻辑进程和剧情设计上的重大缺欠都不是问题——如果这部影片出自周星驰之手，我几乎要大唱赞歌了。因为，毕竟星爷一直在坚持自己。影片中的小沈阳、赵本山他们几位演员都是非常值得尊敬的，因为他们用自己最为擅长的风格化表演，带给我们太多意料之中和始料不及的快乐，这使得这部影片更接近娱乐的本质，畅快淋漓。而在片尾曲唱响整个放映厅的时候，几乎没有人愿意离开自己的座位，大家都很兴奋，其乐融融的景象——这在我以往的观影经历中是非常罕见的。

然而稍加分析就会发现，观众们的这份快乐，是来自小沈阳和全部的演职人员的精彩演出，却唯独不是来自张导。因为张导拍出了一部随便找个什么玩票的业余导演都可以完成的电影，甚至人家业余导演会玩得更加放得开、更加尽兴——这就是问题的关键。

唉，张导。

4.6 《那时花开》：三个人的电影，激进与平庸

终于看了高晓松导演的电影处女作《那时花开》（2002）。虽然此前曾经读过剧本，但影片本身随处可见的实验性和先锋

《那时花开》（2002）

意识，还是几乎颠覆了我对高晓松的全部仰慕与推崇。作为一部电影处女作，他的能力显然不足以支撑自己的野心，这也再次证明了"术业有专攻"重要性——音乐做得再好，也无法帮助他实现自己的电影梦。

首先，高晓松亲自操刀的这个剧本，不是一个好故事。因此，电影自然也不会是在讲述一个好故事。

大学时代的欢子同时爱上了高举同学和张扬同学，之后整部电影就围绕着这个在说事。而且，高晓松根本不想把故事讲清楚，他在刻意玩弄技巧并因此也玩弄了观众。他把一个并不动人的故事肆意肢解之后再强行拼凑起来，给观众展示了一段过分支离破碎的影像。以致于到了最后，我甚至不知道高晓松想通过电影告诉我们点什么。

如果说炫耀技巧就是他惟一的目的，那么他达到了这个目的。

再有，电影的实验性和先锋意识，是没问题的。《公民凯恩》（1941）《人咬狗》（1992）《女巫布莱尔》（1999）都是这方面的典范。

《那时花开》的问题在于，单纯的实验性和先锋意识并不能使这部电影摆脱平庸的内涵，对于技巧的过分热衷和剧情的过分漠视，导致电影本应具有的人文关怀功能的缺席，这才是致命伤。很明显，影片应该告诉观众点什么，或叛逆，或嘲讽，或缅怀，或伤感，或引人思考，或使人得到快乐、感到悲伤……总之，你得在某个方面让观众有所收获。而在这部影片中，除了片头的《月光倾城》和片尾的《那些花儿》两首歌曲，它彻底地做到了无疾而终。

我想说的是，抽离了人文关怀的技巧，只能是一种平庸的技巧。技巧应为目的服务，可《那时花开》没有目的、只有技巧。

说来说去，这只是三个人的电影。可能，能够被它打动的人，也只有三个。很有可能，是高晓松对往事的缅怀与追溯缔造了这部匪夷所思的电影。也许，只有当事人才能从片中捕捉到点滴感动，或者快感。高晓松可以通过它来精神自慰，给自己大学时代的感情生活一个颇具文艺范儿的交代，但对于我们，这部电影是荒唐的。说到底，这是一部为了祭奠特定的三两个人的青春而拍摄的私人影像，顺便卖弄一下才华，缅怀一下旧爱。

仅此而已。

4.7 《阿凡达》：视觉盛宴和思想狂欢，以及一切美好的极致

我想把自己能够想到的所有美好词汇都用在现在的这篇文字上，显然，《阿凡达》（2009）值得我这么干。同时，这么多年以来，我在用自己的文字来糟蹋所有自己想发表感想的电影时，都是毫无顾虑、从容不迫的。直到现在我碰到了《阿凡达》。我必须谨慎前行，生怕自己一不小心就亵渎了它。

我不想谈论剧情，并且打算掩饰内心的兴奋与激动，用尽量冷静的文字来评价这部电影。可要想真正做到这一点，却是相当艰难的。是的，我不可能不带任何个人感情色彩，事实上，《阿凡达》可以轻松激起我内心深处蛰伏已久的全部美好情感。那种醍醐灌顶的感觉，自《美国丽人》（1999）之后，就再也没

有发生过——两者的区别在于，《美国丽人》的深刻让我不安，有切肤之痛，难以承受；而《阿凡达》则用它毫不逊色的思想性，让我沉醉在美好之中，不愿醒来。

忍不住要为这部电影大唱赞歌，其实我已经这样做了。它的思想已经深邃到了令人敬畏的高度。它的外表已经华美到了让人震撼的程度。而且最要命的是，当影片的主创团队将这两个方面就这么不动声色、天衣无缝地交融在一起的时候，竟然可以让我如此神情激荡。是的，就是"神情激荡"这个词。显然，《阿凡达》达到了这样一个高度——作为一部商业大片，它的横空出世缔造了电影史上迄今为止最大的神话。我在想，十年以后、二十年以后、三十年以后……只要想起这部电影，就立刻会肃然起敬。

波澜壮阔、美轮美奂的场景，细腻婉约、荡气回肠的爱情，惊心动魄、烟波浩渺的战争，再加上史诗一样的宏大叙事结构，成就了《阿凡达》的外表。而蕴含在这绚烂外表下的那种全部生灵和谐互动、世间万物共享共生的美好理念和深邃思想，则构成了《阿凡达》的灵魂。内外兼备，大器乃成。

如果你打算在享受一场视听盛宴的同时，体验思想的狂欢；如果你打算用某种方式来重拾业已失去的勇气、抚慰日渐麻木的内心；如果你像我一样不甘心在周而复始、庸碌无为的生活中越陷越深，想要让生命透口气；如果你想要用最小的时间和金钱投入来换取最大化的精神回报——那么，《阿凡达》是你最好的选择。

《阿凡达》（2009）

4.8 好莱坞模式＋炫技主义＋中国印象＝《2012》

《2012》（2009）这样的电影，的确应该去影院观赏——如果你只想感受视听震撼，而并不期待任何心灵震撼的话——用巨额资金砸出来的灾难场面自是不可小觑，看来好莱坞在这个领域已经玩得越来越干净利落了。如果非要对此进行评价的话，我会说：场面壮观、气势磅礴、紧张刺激、扣人心弦，这个效果绝不是暴风影音的全屏方式能够达到的，哪怕你的电脑屏幕是 29 英寸的，哈哈。

当然，如果你看过很多灾难题材的类型片的话，可能会认同我现在要说的观点：技术的泛滥带来了堪称完美的灾难场面，也映射出了根深蒂固的好莱坞灾难片的困境。"炫技主义"正在日益成为好莱坞灾难片的核心竞争力，它成就了电影，却也让电影变得中规中矩、无法实现突破。

正如我在前面说过的那样，好莱坞大片的一个典型特征是：它能够带给我们巨大的视听震撼，用以满足我们为期待看到它而所付出的所有努力。必须承认，它

《2012》（2009）

的这种能力已经炉火纯青、叹为观止了。同时，它还具备另一个重要特征——也正是这个特征才让好莱坞大片的缺点暴露无遗。那就是：当它完成上述使命之后，还可以奇迹般地不在我们的生命深处留下一丝痕迹。

必须承认，当你看得越多，这个特征就越明显。

当然，回到《2012》，这部电影还是具有它的特色的，而这一特色主要来自影片中的中国印象。东方神秘主义弥漫了几个世纪的挥之不去的浪漫情结，在这部影片中再次发扬光大了。影片有意无意地构筑了一个神秘的、令人神往的东方帝国形象，这一点在影片有关西藏桥段的描绘中表现得非常明显。再有，就是影片对中国政府社会动员能力的肯定。想必在汶川大地震之中，中国政府的社会动员能力给西方社会留下了深刻印象，以至于在这部影片之中，那些中国军人的表现让我们有理由相信一个末日救世界的神话可以被完成。

如果再多说一句，那就是——近年来，好莱坞影片中的"中国元素"正在不断增加，中国的正面形象也正在被不断树立着。这表明中国作为西方文化中的"他者"形象正在悄然发生改变，这是一件好事情。

5

面对糟糕透顶的世界，我们该如何存在

> 全部哲学都在不厌其烦地告诉我们世界是怎样的，以及我们该如何面对世界。这个问题也构成了我们人生的基调：用生命去探索世界，形成对于世界以及存在于这世界的"自我"的认知，进而通过对于"我该如何存在"的回答来确定自我与世界的关系。"我该如何存在"既是形而上的思辨，又是形而下的躬行。值得注意的是，很多电影为我们回答这个问题提供了一种形而下的个案参照，引起共鸣、催生思考。
>
> 哪怕这个过程注定不会让人快乐。

5.1 《更好的世界》：这个世界糟透了，是否为它奋斗，你说了算

我猜每个人在心中都对世界的未来抱有期待，并且相信自己可以度过美好的人生。然而让人颇感遗憾的是，这些期待彼此矛盾，以致于我们终究无法实现它们。

记得在《七宗罪》（1995）的片尾，摩根·弗里曼扮演的老警官的独白就那么苍凉而寒彻心扉地回荡着："海明威说过，'这个世界是美好的，值得人们为它奋斗'。后半句我相信。"现

《更好的世界》（2010）

在，《更好的世界》（2010）为这句独白又增加了一个可靠的佐证。

这个世界对于理想主义者而言，几乎就已经是地狱了。安东就生活在这个地狱，作为一名常年工作在非洲的人道主义医生，他的职业精神令人钦佩。而当那个专横的施暴者来到他的面前寻求救治的时候，他面临一个抉择：是遵循医生的天职和理想主义信念，还是干脆听命于本能的召唤。当他排除万难、毅然决然地选择了前者之后，世界并没有因此而有丝毫改变。后来他终于痛苦地放弃了，破败不堪的理想主义已经让他失去了坚守的理由——显然，在残酷的现实面前，那些如同幼儿园小班里的孩子那样天真的梦想，注定没有丝毫力量。

不被理解，可能是剧中人面临的又一棘手问题了——它也会在不知不觉之中，颠覆他们对于这个世界一厢情愿的美好期待。克里斯汀和他的父亲、安东和他的妻子，这样一些亲密关系却没有对当事双方的相互理解和信任增加筹码；而安东对待那个攻击自己的男人的方式，也并未得到孩子的理解和认同。如果这个问题仅仅使得安东的选择有些悲壮也就算了，现在的麻烦在于，它也为后来两个孩子的"复仇行动"埋下了伏笔。

也许事与愿违更接近现实生活的运行方式吧，只有英雄主义者和失败主义者才能适应现实，因为前者选择无原则的热爱，后者选择无底线的接受。

好在，影片的结尾还是让我们看到了某种希望，而那些穿插在暴力、野蛮、贫瘠和蒙昧之间的唯美风景，以及那些追随皮卡奔跑、向安东一行挥手告别的非洲儿童，也会让我们悲怆的内心感到些许温暖。

"这个世界是美好的，值得人们为它奋斗。"只是不要忘记，说这句话的那个人，死于自杀。

5.2 《卡拉是条狗》：我们的尊严该去哪里寻找？

透过《卡拉是条狗》（2003），可以体察一下我们这些小老百姓的悲哀。而当葛优饰演的男主角终于说出那句话时，希望我们都能扛得住。他是这么说的：

只有在卡拉那里，我才觉得自己活得像个人样。

《卡拉是条狗》（2003）

于是，这条狗对我们就至关重要了。值得影片中的男主角花上 5000 元，约等于他三年收入的总和，来给卡拉上个户口。

我们的尊严该上哪里寻找？我们的卡拉在哪里？

在某种意义上，我们的卡拉在哪里、是谁或什么，有多少，基本决定了我们在这世界的存在方式。

5.3 《这个杀手不太冷》：失去标准的世界，选择比生存更艰难

2003 年看的这部电影。

那是第一次欣赏吕克·贝松的作品。他别具匠心地从一个

十二岁的问题少女的眼中来观察这个过分疯狂、邪恶和冷酷的世界。一个贩毒的缉毒刑警为得到毒品而杀害了这个女孩的全家，只有女孩被住在隔壁的杀手莱昂搭救而保住了性命。她走投无路，只好和这个杀手相依为伴，于是故事从此展开。

无疑，善良的冷血杀手和冷酷的缉毒刑警的较量，是影片中最为精彩的桥段。而且，由于职业身份与道德评判的错位造成了一种强烈的对比效果，她让这世界在瞬息之间就失去了标准，也让我们业已形成并且习以为常的道德评判尺度在观影的过程中整体坍塌，从而让我们震惊、引发思考，进而艰难重建自己的评价标准。

事实也的确如此：本应是邪恶化身的杀手，为了保护一个柔弱的女孩而同本该代表正义的缉毒刑警展开生死相争——这本身就是一种极具讽刺的荒谬存在，而这种荒谬的背后则反映出导演惊人的驾驭能力和对这是非倒错、黑白颠倒世界的清醒认知。无论导演在故事情节的处理上显得多么夸张和失真，但这对于人性的挖掘和世界的嘲讽都是恰到好处的。用这样的方式，剧情会被展示得更加富有张力，讴歌与嘲讽也都会因此变得更加通透。

让·雷诺的演技值得全世界为他喝彩。一个足智多谋、骁勇善战而又充满人性光辉的杀手形象，被他演绎得令人肃然起敬。而他和那个少女之间的温暖而又独特的情感联系，也为影片所呈现的冰冷残酷世界平添几许亮色。这当然是一部经典电影，也是一部值得反复推敲和多次观赏的电影。

只是，在面对这个是非倒错、黑白颠倒的世界时，我们是否能够确信自己做出了正确的选择？

《这个杀手不太冷》（1994）

5.4《天空之眼》：选择无处不在，遗憾的是，怎么选都是错的

影片讲述了一起由英美两国情报部门与军方策划实施的联合抓捕行动，抓捕的对象是被追踪了六年之久、位列东非通缉名单第四位和第五位的两个恐怖分子，地点是在肯尼亚的首都内罗比。

片中没有宏大的场面、精彩的打斗，也没有步步紧逼的情节、环环相扣的悬念，更没有什么血腥的镜头，甚至吝啬得连个粗口都没有爆。是的，这些都没有的，影片显然不打算用这些元素来吸引观众。它只是把注意力集中在了这个行动本身，并全景式地展现了这个抓捕行动是怎样转化成一个定点清除任务，并且最终得以实施的过程。怎么样，够简单的吧，是不是？

然而，也正是对于这个过程的展现，才成就了这部电影——如果这部电影出现在下届奥斯卡的获奖名单里，我

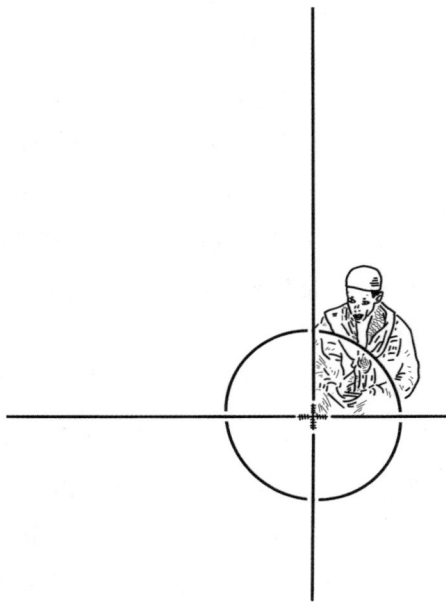

《天空之眼》（2015）

丝毫不会觉得意外。

我们常说，计划赶不上变化，对于影片所展现的这次行动而言，情况也是这样。开篇不久，这个缜密部署、精心策划的行动就失去了实施的机会，而且随着事态的发展，情况也在不断恶化，惟一可能的补救方案是：把它转化为歼灭行动。

由于情况紧急，需要大人物们尽快达成共识：是选择放弃，还是选择改变？而无论做出怎样的决定，都必须承担相应的后果。

必须承认，这是一个艰难的选择。要在既有政策、法律、外交许可的框架之内寻求共识，承担责任，做出决策。于是，英国首相、美国国务卿、英国外交大臣、英国司法部长、美国国家安全委员会的顾问……掌握话语权的各色人等粉墨登场。而当他们终于达成共识，做出定点清除决定之后，情况又发生了变化：一个当地小女孩的出现，显著提高了实施歼灭行动的代价，也让这个抉择变得异乎寻常的艰难了。

其实影片集中讨论了这样一个道德困境：以一个无辜女孩的性命作为代价（致死概率为65~75%），去阻止极端分子即将实施的、可能造成80人伤亡的人体炸弹袭击，是否具有足够的正当性？

这一讨论让我们想到了《拯救大兵瑞恩》（1998），因为在那部影片里，也讨论了一个类似的话题：以八个人的生命作为可能的代价去营救一个人，是否值得？

好吧，让我给出影片的结局。定点清除任务被执行。危险人物被悉数"歼灭"。人体炸弹威胁就此解除。而那个女孩，则毫无悬念的死去。

在影片的最后，艾伦·里克曼扮演的将军在面对质疑时说出了如下台词：

> 我去过五次自杀式袭击发生之后的现场，布满尸体的现场。你今天喝着咖啡吃着饼干看到的这些场景是很不幸的，但这些人可能做出来的事情，会更为不幸。永远不要对军人说，他不知道战争的代价。

怎样选择都有代价。从来就没有最好的选择，只有最不坏的。而好与坏之间的边界，从来不会一如我们想象中清晰。而问题的关键在于，我们究竟该依据怎样的标准来做出抉择？是正义标准、道德标准、法律标准还是政治标准？当多重标准相互叠加、彼此冲突的时候，我们该听从哪种声音、做出哪种选择？

尽力就好。只是不争的事实在于：我们永远无法做到问心无愧。

5.5 《战争之王》：罪恶的不是他的身份，而是这个世界

这部电影我已经反复看过至少三遍了。

被尼古拉斯·凯奇的表演，被剧情，更被影片所反映出的那个完全陌生却又无比真实的世界深深吸引。凯奇既是影片中的主人公，同时也是故事的叙述者。他的叙述和亲历在我们眼前展现了一个触目惊心的军火世界。比如，全世界每 12 个人中就有 1 个人拥有武器；比如，联合国安理会的五个常任理事国，

《战争之王》（2005）

同时也是世界军火的最大供给国。

　　凭借机智、胆量和运气，主人公尤瑞从一个小人物、普通人，成长为鼎鼎有名、日进斗金的军火商，还得到了自己梦寐以求的爱人，过上了自己想要的生活。他在军火生意上越来越挥洒自如，直到有一天，发现自己已经无法全身而退了——哪怕他的弟弟为此丧命，他的父母妻小远离了他，他也经常游走在矛盾和痛苦的边缘。可他热爱自己的工作，正如他自己所言：

　　我比较擅长做这个。

　　也许，他助长了这个世界的邪恶，甚至于，他本身就是邪恶的。可又能怎样呢？他不做，很快就会有人取而代之。美国总统是世界上最大的军火商，所以，那个美国警察奈何不了他。

影片里的经典台词比比皆是，这些台词当然无法感动你，因为它并不以此为目的——它是要告诉你一个真实的世界。

片尾处，军火商和一直想要把他绳之以法的那个警察杰克有一番对话，这可能是整部电影最具讽刺意味的桥段了。

尤瑞：杰克，我喜欢你。好吧，可能不喜欢，但我理解你。让我告诉你接下来会发生什么，你好有所准备。

杰克：好。

尤瑞：很快，会有人敲门，叫你去外面。有一个级别比你高的人站在走廊里。首先，他会祝贺你的成就、你让世界更和平了，你会得到嘉奖或升职。然后，他会告诉你，我会被释放。你会抗议，可能威胁要辞职。但最后，我会被释放。我被释放的原因，和你认为我会被判刑的原因是一样的。我确实和世界上一些最卑鄙、最残暴的自称是领导人的家伙打交道。但在这些人当中，有些是你敌人的敌人。世界上最大的军火商是你的老板，美国总统。他一天卖的军火比我一年卖的还多——有时，在枪上找到他的指纹是一件很尴尬的事儿。有时，他需要像我这样的自由工作者，来支持那些他不方便支持的军队。所以，你说我是恶魔，但不幸的是，我是一个必要的恶魔。

杰克：我本想让你下地狱，但我想你已经在那里了。

所以我在想，罪恶的也许不是他的军火商身份，而是这个世界。

因为虚妄，所以永恒：对，我要说的就是扯淡的爱情

我们擅长讴歌自己做不到的伟大、得不到的美好和到不了的远方，借此掩饰自己的懦弱和无能。爱情就是这样一种我们无法做到的伟大、无法得到的美好和无法到达的远方。作为一种心理补偿，我们会极尽所能地通过各种艺术门类、运用各种表现手法去赞美爱情，在艺术化、进而美学化的爱情神话中寻求心灵的慰藉，抵抗现实的惨淡。

相信我，爱情只具有美学意义，其他都是扯淡。

6.1《如果·爱》：散落的记忆，没有声音

女主角对于物质的牵挂和名利的追逐，最终排斥掉了那场淋漓尽致的真爱。只是当爱已然错过，她和他选择了不同的方式——她选择遗忘或者逃避，而他选择耿耿于怀。

其实，那些爱情早在十年之前就已经终结，只是追求完美的他们不愿承认这个事实罢了。对老东而言，可能更偏执一些。于是，就有了十年后的那场看似真挚、实则荒唐的，甚至是蓄

《如果·爱》（2005）

谋已久的纠缠。

我想说的是，正是由于爱已成为往事，现在的他们最后也只好、也只能无疾而终，面对这个无言的结局。记得那些往事就已经足够了，要得多了反而惨淡了、悲壮了。老孙是牺牲品，牺牲在难以自制的物欲里；老东比较惨，算是陪葬品，被往事淹没，绝望而又沉沦。

如果爱，该多好。可现实总会更加强大些的——我用一种阴暗的心理思忖，就算老孙不为名利离开，他们也不会走得长远。其实那是早已注定的事，只能是这样。聂文说得非常对，他洞悉到了事情的本质：

这不是一部爱情片。电影里没有爱情。张扬不爱小雨，小雨也不爱张扬。班主，终究也不算是爱着小雨的。

这真的是很犀利的表达方式了，一语道破天机！虽然听着有些刺耳，可事实就只能是事实，只能接受。

说到底，唯有记忆才会永存。那才是更加真实的怀念方式，虽然它排挤掉了他们所有人对于未来的所有期待。

张学友的歌唱、金城武的眼神、周迅的眼泪，让人欲罢不能，无法抗拒。是我一直想要逃避却又无法逃脱的，劫难。

6.2 《命运规划局》：爱情，终究只能在拟制中聊以自慰

就像你和我、我们大家所熟识的那样，爱情是电影永恒的主题。眼前的这部《命运规划局》（2011）也是一样——驱使男女主角挣脱自己"被拟制"命运的，是爱情。

爱情很美好，是被我们无数次憧憬和不断试图实现的梦想。我们不断讴歌它、赞美它，进而付诸努力，去找寻它。然而，在我们因由对爱情的梦想而建构起自己丰盛柔软的内心世界的同时，梦想却不断被现实所稀释进而取代。于是，我们不再遵从自己内心的呼唤，而是妥协于外在的标准。

毫不奇怪，那些有关爱情的美好梦想以及梦想的最终破灭，成为我们每个人的宿命。有人因此假装成长和标榜强大，处处炫耀自己的阳光明媚；有人为此颓废痛苦、一蹶不振，沉沦于悲伤之海自怨自艾。其实在本质上，两者并没有差别——他们都没有坚守，只是对待爱情梦想的破灭而采取了不同的立场。

好吧，让我们回到电影。男主人公如果按照计划，本应当选美国总统的；女主人公呢，则应成为享誉世界的舞蹈家的。

《命运规划局》（2011）

为了完成各自的人生计划，他们不该恋爱，因为恋爱会让他们觉得满足，缺乏进取的野心——男的会无法问鼎世界权力的巅峰，女的则要沦为小学舞蹈教师。于是，就像我们之前看过的数以千计的爱情电影那样，他们义无反顾地追求爱情，历经艰难险阻，终成眷属。是的，电影里的爱情真伟大、很感人，我们的确需要有这样的爱情存在。

然而，如果再追问一下，我们为什么需要这样的爱情存在？为什么我们会在精神消费产品中虚构出了那么多有情人终成眷属的动人故事？为什么？好吧，我必须给出答案：这是因为我们，做、不、到。

必须承认，现实中的爱情就是被我们不断向往又最终放弃的东西。我们会为了太多现实的目的而放弃爱情，到头来，爱情成为最不值钱的所在，成为一桩笑柄。

人生的悖论之一在于，无论我们怎样讴歌爱情、赞美爱情，只要这种爱情与我们生活的现实机际遇稍有哪怕一丁点矛盾，它总会被放弃。正因为如此，我们才需要拟制出千姿百态、姹紫嫣红的坚守爱情的精神消费产品来掩盖自己的懦弱，享受廉价的快慰与感动。

毫不奇怪，爱情早已沦落为消费时代的一道毫无营养的精神快餐。只是，在我们享用它的时候，究竟应该快乐还是悲伤？只是，当我们只能选择在影院里用哭得一塌糊涂的方式来祭奠爱情的时候，我们还有什么资格谈论它？

6.3 《两个人的车站》：有些感动并不简陋

其实纯粹是为了练习俄语听力的目的，才把这张《两个人的车站》（1983）的电影 DVD 光盘千里迢迢地买了回来。而且由于内心深处一直在排斥学习，所以，这张 DVD 就一直在 CD 碟包里放着、放着、放着。直到某一天，非常不情愿地把它放进视盘机。

《两个人的车站》（1983）

此时此刻我在想，有些电影，为什么会让人如此感动？一个非常重要的原因是：你对它并没有任何期待。于是，你就收获了意外的惊喜。我想爱情也是如此。好多时候，正是我们的期待才导致失望的结果，无论是电影，还是爱情。的确，如果哪部电影被宣传得神乎其神，哪部电影在各种媒介上被吵得很凶、炒得很火……那么，我们对电影的期望也就水涨船高，失望几乎就是必然的。

爱情也是同样：当你的恋爱小伙伴说好了要来看你，就要来了，让我们一起狂欢吧……那么，你的失望几乎就是注定的。

原因很简单：过高的期待构成了我们体验快乐的障碍——无论是对电影，还是对爱情。

好吧，让我们回到电影本身。对于一个整天沉浸在 21 世纪好莱坞大片的多数人（包括我）而言，这部上映于 1983 年的苏联影片——它的拍摄时间与国别就直接把很多人的兴趣打消掉了。的确，影片才开始短短几分钟，你就会发现无论是镜头、色彩、剪辑、演员的形象……它都显得过分粗糙了，甚至连电影的对白还没有出来，你就已经对它心生厌倦了。

这要是平常，我早就放弃了。可我要练习听力啊，于是咬着牙坚持。事实证明这种坚持是值得的，我终于在影片过半的时候逐渐入戏了，不再关注那些天书一样的句式和发音，而是把自己的精力集中于故事本身。不敢相信，有那么几个时段里，我的眼睛是湿润的。而这部电影所特有的幽默方式，也开始被我渐渐理解和接受——它们总在恰到好处的时候出现，让人会心一笑。而整部电影的故事情节，则早已走向撩人心弦的方向了。

……

回想起来，这么简单的一个故事，辅之以这么简陋的制作水准，为什么也会让人感动？我的回答是：其实，内心的感动，是缘自作品对我们内心情感需要的契合程度。或者说，是它在多大程度上，以多大的力量，直击心灵。而这种力量和方式无关。

所以，这么一部简单到了简陋的电影，依然可以让我们感动。这也是为什么有的电影拍得极尽花枝招展之能事，却除了刺激我们吃下体积和数量同样惊人的爆米花之外，一无所用的原因——它浮在表层，无法和我们的内心契合，而只契合于我们的胃。

6.4《离开拉斯维加斯》：让我接受你的绝望，温暖你的赴死之路

爱情不是要把对方改造成你想要的样子，而是要你去接受对方本来的样子。如果你做不到，那么对方就只是你爱的投射。你爱的不是对方，而是你自己。《离开拉斯维加斯》（1995），所表现的正是这种基于接受的伟大的爱，虽然它看上去是如此不可思议而又如此令人绝望。

值得注意的是，电影中穿插了几段莎拉的回忆独白，而这

《离开拉斯维加斯》（1995）

里恰恰表明了他们的立场。比如，她曾对着镜头坦言：

> 我接受他的为人，我不会让他改变什么，因为他也接受我。

是的，他们是如此懂得爱的真谛，却注定没有太多时间去诠释彼此的爱。我想，在莎拉看来，如果你决意去死，不管我有多悲伤，都不会去阻拦。而且我会尽量陪伴在你的身边，温暖你最后的旅程。而这，恰恰就是我爱你的方式。这种爱情虽然足够绝望，却又饱含真情，处处闪耀着神性的光辉。

我知道这部电影会让很多人汗颜。因为透过电影，他们会在某些时刻里极不情愿地看到了自己爱情的真相，那份让他们心安理得的爱情，不过只是占有、改造、炫耀、自恋或者矫情的代名词。他们的内心会因此被轻轻触动，甚至疼痛。

当然，他们很聪明、一贯聪明，立刻就会找到"一个酒鬼和一个妓女之间会有哪门子爱情？""这样的爱情有啥用？""这个电影就他妈知道胡扯！"之类的小小信念来诋毁电影里的爱情并且成功地说服了自己，然后，继续以自我标榜的方式来浮夸自己的完美之爱。

资料显示，电影原著小说的作者约翰·奥布瑞安在小说即将出版之际（另一说法是在电影开拍两周之后）死于自杀。这也是约翰留给这个世界的惟一一部作品。

6.5 《恋恋笔记本》：双重完美的温暖爱情

如果说好多的爱情电影都是以渲染完美以及完美的最终

破裂为手段，试图用两者之间的反差（或者干脆叫爱情悲剧）来派生感动，那么，《恋恋笔记本》（2004）则跳出了这个模式——它试图用真正完美的爱情和美满的婚姻来打动人、感染人，并且实现了这一目的。

我想，这部电影的成功之处在于，它给一个看似落入俗套的爱情故事加上了一个完美的结局，而这个结局又是意料之外、情理之中的。正是这样一种设计使得整个故事倍显温暖，特别是在你看完电影打算洗洗睡了的时候，它会不断在你脑海浮现，一切都呈现出美好的样子，伴你甜美入梦。

关于完美的结局，其实还应该多说几句——存留在记忆中的爱情往事的美好结局，能够满足观众对有情人终成眷属的所有期待；同时，它又用男女主人公"不能同日生，但求同日死"的完美，来强化观众已经得到的这种满足。

这种做法是高超的，一方面，当电影给予我们的感动已经超过我们的期待了，我们就没有理由不去为它叫好了；另一方面，也是更重要的，电影提升了爱情的境界，彰显出同类题材电影中难得一见的人文关怀。青春终将逝去，我们也终将老去，完美的爱情和美满的婚姻，该是命运对于平凡人生的最好馈赠了。

再有，当两个人的恋情伴随夏天的结束而似乎就要走向终点时，那段画外音也很美，不是吗？

夏日的恋情总是因为各种各样的原因而终结，但不管是什么原因，它们都有一个共同点：它们都像划过夜空的流星，拥有壮观的一刻。虽然只是一闪而过，却拥有短暂的永恒……

《恋恋笔记本》（2004）

虽然我坚持认为，这样的爱情是不大可能在现实生活中上演的，而女主人公在表达爱的方式上也有可以提升的巨大空间。然而作为一部可以满足我们内心深处美好向往的爱情电影，它已足够。

6.6 《如果·爱》：点滴怀念……

—1—

也许，电影在每个温暖的瞬间里都让我们感觉到了爱情的存在。可我们要面对的并不只是这瞬间的温情，还有被名利异化了的整个人生……

—2—

老东，记着：最爱你的人，永远是你自己。

我特信这句话。独立成长，是每个人一生的功课。可以被感动，也理应全情投入、畅快淋漓。只是不要忘记，当一切都不可逆转地变成过去时态，我们要拥有一副铁石心肠才不容易被期待所累。真正让我们受到伤害的不是对方的离去，而是我们为挽回对方而付出的全部努力和美好想象。

只接受，不期待。怀念，才是更为稳妥和保全自我的方式。

—3—

世界本就邋遢 / 还有什么可怕 / 爽不爽一刹那 / 天堂地狱一家……

不知为什么，整部电影中最具视听震撼又最能刺疼心灵的，是这个载歌载舞的桥段。我不知道自己是否感悟到了陈可辛的本意，但我知道这部电影至少是别有用心的。事实上，它把一切对爱的美好期望都消解在这邋遢的世界了。哪怕是十年前的那样纯真的开始，也注定因其无法跨越的过去时态而变成现实的一道伤疤。它在嘲讽，还是在缅怀？显然，这一切的一切再也无法圆满了。

老东的沉湎和老孙的遗忘是同一枚硬币的两个面。

而硬币，早已被爱抛弃。

—4—

你不是从前的老孙！从前的老孙爱我！

当老东顾影自怜地发出这句感慨的时候，我意识到他在偏执的路上走得太远也太疯狂了。对于往事的追忆显然不能拯救他，只会让他更加难堪。倒是后来 一场苦心经营的报复终于快慰了他早已腐烂的期待。于是，他选择离开——这是最不坏的结果。

在影片最后，看着林见东踏着轻快地脚步，沿着莺歌燕舞、樱花漫飞的街道向我们走来，总会有种释然的感动。

放下，也放过自己，是种更高境界的爱。

—5—

放手吧，让我成为你的记忆……孙纳。

班主的死，终于给这部纠缠于过去与现在、爱情与功名的歌舞片画上一个略显苦涩的句点。班主死了，聂文还要坚强地生存，就像他一直做的那样。只是这一次，他不会在追问爱情，那已经没有意义了。其实，那从来就没有过意义。

只是还有一个更加现实的问题在等待他做出回答：

我还是一个好导演吗？

—6，或者1—

也许，电影在每个温暖的瞬间里都让我们感觉到了爱情的存在。可我们要面对的并不只是这瞬间的温情，还有被名利异化了的整个人生……

6.7《滚滚红尘》：无尽苍凉的旷世之恋

影片是根据台湾著名作家三毛的同名电影剧本改编拍摄的，而这个剧本是以张爱玲和胡兰成的爱情故事作为原型的。影片演职人员的阵容堪称强大，由著名导演严浩执导，林青霞、秦

《滚滚红尘》（1990）

汉、张曼玉等人领衔主演。公映之后，这部影片一举拿下了第27届台湾电影金马奖的包括最佳影片、最佳导演、最佳女主角在内8个奖项，据说这一纪录到现在也未被突破。

而《滚滚红尘》（1990）的电影剧本也成为三毛留给这个世界的最后一部作品，因为影片公映后不久，三毛死于自杀。

影片讲述的爱情故事历经抗日战争、解放战争及至"文革"结束，描述了那个横跨半个多世纪动荡年代之下的个体悲欢离合，上演了一出无尽苍凉的旷世之恋。影片的最后，章能才苍凉的画外音伴随他更加苍凉的背影，逐渐消失在白雪苍茫的大地。那一刻，电影同名主题歌又一次响起。于是，神情激荡。

那一刻，是在二十多年前了吧，我坐在大学礼堂兼电影院的座位上，《滚滚红尘》歌词里的那个"少年不经事"的我，第一次感受到了爱情的惊心动魄——那是一种让人期待又惶恐、兴奋又落寞的力量。

而我所能做的，就只是无辜地一边等待、一边逃避着。

6.8 补遗：《歌剧魅影》

改编自同名音乐剧的《歌剧魅影》（2004），是一部华丽、诡异、绚烂，气势磅礴且盛气凌人的电影。我没看过音乐剧，却并不因此遗憾——对我而言，电影已经足够震撼。爱情可以轻易僭越道德和逻辑的边界，因为它根本就不在伦理和理性这两个分析框架之内——它既不是道德的，也不是不道德的，而是非道德的；它既不遵从逻辑，也不违背逻辑，而是与逻辑无关。

只是，当你一再听从爱情的召唤时，你一定会死得很惨。

《歌剧魅影》（2004）

7

暴力：可以热衷，也可以逃避，
但它从未离开

在我看来，电影中愈演愈烈的暴力是现实社会暴力的"关键符号"表达——它用艺术化的影像去展现触目惊心的现实，提醒我们暴力的无所不在。随着人类社会日益走向文明进步，暴力也在朝着两个方向发展：一是被限定在特定的军事领域，以现代科技为依凭而不断走向高精尖，让人类社会面临有史以来最为严峻的风险和不确定性；一是被散布在宽广的社会生活领域，穿上了温文尔雅、彬彬有礼的体面外衣，以微笑包装血腥、以涵养粉饰杀戮，不动声色与拳脚，却可以置人于死地。

不要忘记，在某个侧面观察，人类文明史是用暴力打造出来的。

7.1 《天生杀人狂》碎谈：值得珍藏的另类经典

记得美国《娱乐周刊》曾把这部电影评价为"20 世纪 90 年代最好的影片"。而我在一本电影杂志中也看到过这样一句话：

"就算到了 31 世纪，也不会再有像《天生杀人狂》（1994）这样的作品了。"

于是，受到好奇心的驱使，在一次"淘碟"过程中，买到了这部电影的 DVD 碟片。

在我看来，这部影片在电影史中的位置有点类似于亨利·米勒的作品（比如《北回归线》）在文学史中的位置：它是往所有伪装成高尚、纯洁、美好、神圣的事物的裤裆踹上的一脚。这一脚也许不能摧毁它们，但至少可以使它们走下自以为是的神坛，以更加真实的面目示人。正如《北回归线》在某种意义上颠覆了文学那样，《天生杀人狂》也颠覆了电影。

大致而言，影片讲述了一对杀人狂情侣杀父弑母、滥杀无辜，穿越整个美国来逃避警察追捕，而在被缉拿归案之后又发动了监狱暴动成功越狱，从此过上了幸福美满的平凡生活的故事。怎么样，剧情会不会比较邪恶？而且，电影制作堪称完美，创新元素随处可见。

比如，从类型片的角度看，它将肥皂剧、公路片、纪录片、动画片、监狱片、警匪片、爱情片、剧情片、音乐片错综复杂地交融在一起，并用魔幻现实主义的手法将一切杂糅。

比如，从音乐元素的运用来看，忧伤的民谣、无望的迷幻、反叛的重金属、狂躁的朋克，甚至还有美轮美奂的美声女高音……总是会在最恰到好处的时段响起，与剧情的发展完美地契合在一起。

再比如，大量象征手法的运用，记者、警察、父亲、家庭、狱长……一切都是那么意味深长、充满暗喻，对体制的荒谬（尤其是新闻媒体的荒谬）报以最无情的嘲笑。

《天生杀人狂》（1994）

然后，再把上述这些创新元素用两千五百多个剪辑加以拼接组合——于是就有了呈现在我们的眼前的这部电影。

值得注意的是，影片虽然也探讨了这对杀人狂的杀人动机及其心路历程，但这显然不是它所关注的重点。它的重点在于，通过讴歌暴力的方式来竭尽全力地嘲讽美国的社会现实，这一立场也注定了它会是一部充满争议的影片。血腥、激情、神经质，浑浊和无序构成了整部电影的基调，而后现代、魔幻现实主义和试图颠覆传统电影全部定义的努力成就了这部电影。

总之，这是一部值得收藏的另类经典电影。如果你有健壮的心脏和坚定的世界观、人生观、价值观的话。

另外据说昆汀对奥利弗·斯通的导演能力颇有微词，可我相信，就这部电影而言，没有人能比斯通做得更好了，哪怕是他昆汀本人。

7.2 日本"豚鼠系列"实验电影：视觉暴力的影像极端

我不想说自己已经看过这个臭名昭著的日本"豚鼠系列"实验电影了，然而这是事实。好奇心的驱使让我找到并看了其中的三部电影，分别是《恶魔实验》（1985）《血肉之花》（1985）和《下水道人鱼》（1986），我不想回避这一点。

为了把这三部电影给我生理心理造成负面影响的可能性降到最低，观影之前我做了比较充分的准备：饭后两小时，凝神静气，把视频窗口的大小调到50%，声音调低，之后开始……终于，看完了。

坦白说，观影的过程还是让我经历了较为严峻的身心考验。

这种经历足以在我的"观影史"中画下浓墨重彩的一笔。以《下水道人鱼》为例，虽然观影途中我还查看了几封邮件，随意翻看了一下网页新闻，甚至还去了趟厕所，可影片依然很难承受。

《下水道人鱼》（1988）

主要原因在于：电影的视觉冲击力比较强烈，已经构成了一种货真价实的"视觉暴力"。我想说，是影片的缔造者们不怀好意地刻意营造了这种影像的冲击力。两位演员（特别是扮演"人鱼"的那个演员）为此付出了巨大的代价。细节就不再谈了，毫无疑问，在以后的很长时间里，这些影像会成为我想拼命忘记却又难以忘怀的东西。

其实回想起来，《下水道人鱼》所要探讨的问题还是相当严肃的：用这样一种荒诞、恐怖，令人作呕的极端方式，来探讨我们和这个日益被我们破坏的外部环境之间的关系，事实上，人类所造成的环境污染正在危及其他生命的存续。人与环境的关系正由于我们的肆意妄为而变得日益扭曲，很多美好的事物、甚至对于美好事物的想象都在被彻底颠覆。这样的电影还是少看一点为好。毕竟，不一定非得用如此极端的方式来反映这个不完美的世界。

至于说到《恶魔实验》和《血肉之花》，技术的粗糙和思想的缺席达到了和影片剧情（如果这也能够算得上是剧情的话）同样触目惊心的程度。也正因为如此，我断然不会再去找寻和观看这个系列的其他影片了。

好吧，下面我要给出结论。

我相信任何一个有着基本生活常识的人都会在这两部影片开始后的十分钟之内识破它们的假。对于《恶魔实验》，说句没人性的话，这种施暴比照《不可撤销》（2002）的"真实性"不知得差了多少个档次，而片中女孩的沉默与淡定也是达到了离奇的程度；《血魔实验》更是假得离谱，反正我从没见过如此富有弹性的手腕和如此暗流涌动的血液。

而且最为重要的是，对于电影的核心评价标准应该是"思想性"和"艺术性"，而这也成了两部电影的致命伤。充其量，它们只是在用尽浑身解数来恶心我们的眼球和颠覆我们的胃，这就是这两部电影的全部意义。

我在想，如果我没有看过这三部电影，就不会有现在的这篇文字。可如果真是那样，我还会一直惦记着它们，并在好奇心的驱使之下一直苦苦找寻它们。可能我的这篇文字也同样激发了你的好奇心，但我想说的是，这个世界有太多美好的事物，找寻并努力欣赏这些美好才是我们的本分。当然我也很清楚，你根本就不会听我的。

好奇心会永远不怀好意地怂恿你去探索未知，哪怕这一未知是如此肤浅乃至庸俗。

7.3 意识形态的在场与缺席：浅析电影中的暴力和暴力美学

不论讴歌抑或反对，暴力早已成为电影文本之中司空见惯的构成要素。近年来，电影文本中的暴力美学化倾向日益鲜明，暴力美学呈现愈演愈烈的态势。作为"意识形态机器"的电影带有或隐蔽或明显的意识形态属性，体现意识形态的在场，这一点已被很多电影文本反复证明。然而，在某些电影文本之中却意外地出现了意识形态的缺席，这一点尤其值得我们注意。

这篇文字试图以电影文本中的暴力与暴力美学作为关注对象，探讨电影应该担当的意识形态责任，以及责任缺失的后果。

—1—

艺术作为一种社会意识形态，从社会属性上看显然属于社会上层建筑，是建立在一定经济基础之上的社会上层建筑的重要组成部分。艺术不同于其他社会意识形式的基本特征是，它以具体的形象反映客观世界，而不是以抽象的概念和推理来反映客观世界，是人类审美情趣、审美价值、审美观念和审美精神的体现。正因为如此，它也被称为是关于审美的意识形态。

意识形态是存在于艺术的各个门类之中的，而电影作为一种最为年轻的短史艺术类型，一种"第七艺术"，也具有鲜明的意识形态属性。随着文化产业在世界范围内的迅速崛起，作为文化产业产品之一的电影更是获得了广阔的发展空间，其意识形态属性及其作用也越来越突显出来。

法国学者阿尔都塞的"意识形态的国家机器"理论为我们分析电影文本中的意识形态属性问题提供了知识背景与理论支撑。1970年，他发表的《意识形态和意识形态国家机器》一文强调指出，宗教、教育、家庭、法律、工会、文化和大众传媒是"意识形态机器"，其功能是向个体灌输主流意识形态，使个体接受现存社会规范和社会结构，在生产关系体系内"自愿"接受社会角色，以非武力或非强迫的方式迫使个体服从现存社会关系。他认为电影并非是纯粹的艺术，电影本身是一种有别于强制性国家机器（如军队、法庭、监狱）的意识形态机器。

同年，法国评论家让·路易·博特里的《基本电影机器的意识形态效果》和让·路易·柯莫里的《技术与意识形态》的发表，标志着意识形态电影理论的确立。意识形态电影理论强调，电影作为一种表达手段，属于意识形态上层建筑，无论就电影的生产机制、电影表现的内容和形式以及电影的基本装置而言，都具有意识形态的性质。电影既受制于国家意识形态机器，也再生产这种意识形态。

在下文中，我们将以电影文本中的暴力和暴力美学为例，探讨作为"意识形态机器"的电影所应具有的意识形态属性（即意识形态的在场），以及意识形态的缺席。需要说明的是，这里所讨论的意识形态缺席只是一个相对的概念，即：相对于电影作为"意识形态机器"而本应具有的意识形态征候而言，一些电影文本中明显存在意识形态缺席的现象。显然，我们的讨论并不排斥只要是电影，就必然会表达电影主创团队的某种思想和价值观念这一基本的事实。

—2—

我们将在这里以电影文本枚举的方式展示一下隐藏在电影暴力中的意识形态属性。

比如，在巴西黑帮题材电影《无主之城》（2002）中，暴力充斥全篇，并且几乎成为推进整部电影故事逻辑向前发展的惟一动力。可这并没有弱化电影的思想内涵，反而让电影成为经典，一举摘得了第 74 届奥斯卡最佳外语片的桂冠。

影片从一名生活在里约热内卢的一个被当地人戏称为"无主之城"的贫民窟里成长的少年的视角，向我们全景式地展示了一场触目惊心的暴力。虽然充斥影片中的暴力在视觉效果上做得堪称经典——但它绝非为暴力而暴力。重要的是，《无主之城》揭示出了暴力背后的人文环境和社会体制原因，它很容易就能让我们感到悲哀——在标榜文明进步的人类社会，居然还存在如此恶劣的生存环境。它会引发我们的思考，进而开始关注和同情那些生活在其中的人们。这样，电影的社会批判意义得以彰显，意识形态属性不辩自明。

比如，在美国影片《搏击俱乐部》（1999）里，大卫·芬奇营造出一个以暴力为轴心的虚拟叙事环境，并通过对于这种暴力的缘起及其发展的非现实主义展现，反讽现代社会人文精神的缺失和价值关怀的错位。从这个意义上看，《搏击俱乐部》是一部最具现实意义的非现实主义力作。

同时，它还是一部暴力寓言，因为它用呈现暴力非理性发展轨迹的方式来提醒世人：在钢筋水泥构筑的现代都市，丛林原则居然可以在自诩现代文明的国度里飞扬跋扈，成为一种游戏规则，甚至成为一种激进的社会变革力量。当然，这一意识

《英雄》（2002）

形态取向并不是主导性的，在某种意义上，它构成了对于主导意识形态的绝妙讽刺。

再比如，在我国电影《英雄》（2002）中，大体涉及了权力、爱情、信仰和命运，并把这些元素用暴力整合成一个具有华丽外表的逻辑体系。之后，通过对于"合"的精神信仰（即片中的"天下"）来引导这一体系的运作。我想说的是，这里的"天下"即是一个意识形态符号。

在影片里，"天下"使得一切血腥杀戮变得合法化，"天下"也让所有个人恩怨和诸侯国之间的仇恨得以消解。作为一种意识形态话语，《英雄》在某种意义上对中华民族的传统价值取向起到了传播和推广作用，这种作用又因《英雄》所获得的商业成绩而被成功放大。

在我国引进的很多好莱坞"大片"里，其意识形态属性也是显而易见的。《真实的谎言》（1994）是较早进入中国市场的分账式美国影片，这部电影中的暴力被集中设计成恐怖分子手中随时可以引爆的核弹头。然而，影片在营造紧张刺激的宏大场面的同时，也表达了现代美国社会最为普遍的一种意识形态，那就是家庭观念。

阿诺德·施瓦辛格饰演的特工身怀绝技，但在生活中的他更像一个有着中年危机的普通美国人——为使这一点表现得更加真实，甚至他的妻子还做出了蹩脚的"偷情"行为。于是在影片之中，他既要挽回红杏出墙的爱人、维护家庭的稳定，又要全力保护妻子和女儿的安全。所以，影片在英雄拯救世界的主旋律之下，我们始终可以看到一个为保护家庭而拼尽全力的中年男子形象。

而在《拯救大兵瑞恩》（1998）之中，影片深入探讨了"用八个人的生命去冒险拯救一个人的生命是否值得"的问题。很显然，这个超越功利的命题从一开始就具有了明显的意识形态倾向。斯蒂文·斯皮尔伯格试图在惨烈的杀戮成为惟一生存机会的二战"诺曼底登陆"事件这一历史背景之下，引导人们对自己所信奉的价值理念进行重新审视。

在影片的最后，对此问题给出了自己的回答：

当以多个生命的代价去拯救一个生命时，无论成功与否，所得的，都不仅仅只是一个生命而已……

值得关注的是，近年来，许多电影在展现暴力的方式上，选择了通过技术美学来营造和追求形式快感的向度，进而使之发展成为一种特有的电影文化现象，并把它称之为"暴力美学"。一般认为暴力美学起源于美国，在中国香港逐渐发展成熟并开始产生世界性影响的一种电影艺术形式探索。它通过精彩的动作场面和华丽的视觉效果发掘暴力场面中的形式美感，并将这种形式美感加以风格化。

暴力美学的理论渊源最早可以追溯到20世纪20年代的爱森斯坦，而1967年阿瑟·佩恩导演的《邦尼和克莱德》，1969年萨姆·佩金·帕导演的《野蛮的一伙》，1971年斯坦利·库布里克导演的《发条橙》，1976年马丁·斯科西思导演的《出租车司机》等作品，都可以看作是对"暴力美学"的探索和实践。

暴力美学重视的是暴力的场面、节奏和形式快感，忽视或弱化社会功能和道德教化，但就电影社会学和心理学来说，其实这是一种把审美选择和价值判断还给观众的电影观，是对吸引力蒙太奇观念的某种反驳或颠覆。它意味着电影只提供一种纯粹的审美判断，而不再承担对观众的教化责任。

但是必须指出，正如维特根斯坦曾说过"任何描述都暗含评价"一样，作为电影对于暴力的美学化展示，暴力美学也应当具有一定的意识形态属性。吴宇森和北野武的很多包含"暴力美学"元素的电影作品中，都具有这种意识形态属性——前者体现在浓厚的江湖情义、围绕英雄主义所展开的"浪漫叙事"；后者则体现为电影对这世界所采取的"批判现实主义"立场。

在吴宇森"暴力美学"的发轫之作《英雄本色》（1986）中

我们看到，暴力最终成为寻求公平与正义的惟一可能途径。影片把狄龙饰演的阿豪和周润发饰演的小马哥步步逼向绝境，使他们最终认识到法律无法带来公平，只有以暴制暴才能维护自己的生存，惩治邪恶。影片中弥漫着浓重的江湖义气和兄弟情谊，这既是影片最打动人、最令人荡气回肠地方，也体现出了导演对于人生价值的独特认知。

在《辣手神探》（1992）中，在周润发一手抱着婴儿一手持枪射击的那个桥段之中，则集中展现了吴宇森暴力美学的精髓：一面要毁灭生命，一面要保全生命，这既为暴力找到了存在的根据，又使暴力成为一种深刻的悖论。这种剧情的设计使暴力得到了升华，暴力的残酷更能衬托出人性的美好与真情的可贵，更能引发观众对于产生暴力的社会根源的深入思考。

而在《变脸》（1997）中，尼古拉斯·凯奇所扮演的为找到罪犯藏匿炸弹的准确位置而整容为罪犯面孔的警察时，一系列意外的变故使他因为这张面孔而陷入一系列麻烦，还被警察和特工围追堵截。惟一可以认出他的人只有他的妻子，所以他依然可以在自己的妻子那里获得巨大的心理安慰，从而找到继续完成任务的巨大精神力量。在这里，美国最普遍的意识形态——朴素的家庭观念对于人生的指引意义依然存在着。

与吴宇森极具英雄主义和浪漫色彩的暴力美学有所不同的是，北野武在电影作品中所展示的暴力则表现出一种"批判现实主义"的深沉、孤独和冷峻，其意识形态指向也因此变得更加鲜明。北野武对"暴力美学"的追求不仅与日本的文化传统有关，也与当代日本社会严峻的生存环境有关，他的"暴力美学"代表作有《凶暴的男人》（1989）《坏孩子的天空》（1996）

和《花火》（1997）等。

北野武善于发掘身处卑微的小人物身上的英雄气质，影片中的主人公一般都是愤世嫉俗、充满叛逆精神的厌世者，同时身上又具有一种直面现实、批判现实的勇气。他仿佛是在用放大镜、显微镜来审视暴力，让观众将这些暴力看得更加仔细，从而对这个冷酷的世界有一个更为感性、更为细致也更淋漓尽致的认识，也让观众对于自己置身其中的这个世界的本来面目看得更为透彻。而且，在冷酷地揭开社会伤疤之后，北野武并未冷眼旁观，而是表现出一种批判性地介入——电影主人公往往要凭借自己微薄的力量，去挽救这个日益颓败的世界。

在北野武的电影里，爱情、梦想、追寻等具有积极意义的元素无不与暴力、死亡、毁灭相伴而行，仿佛人生的一切努力都是为了幻灭而存在，都是因为死亡而赋予，这使他的电影往往具有强烈的悲剧色彩。在他看来，一切有价值的东西只有在暴力、死亡、毁灭的阴影下才能保存乃至强化，而美学化的暴力则成为凸现这种强度的最为便捷也最为形象的方式。

还需要说明的是，暴力美学从来不是按照现实中的真实模样来表现暴力的，影片中的暴力都是被技术化、虚拟化、理想化，进而美学化的。比较一下斯蒂文·斯皮尔伯格的《拯救大兵瑞恩》和吴宇森的《变脸》就会发现，暴力与暴力美学在镜头处理、动作设计、画面营造等方面存在多么明显的区别，但这种差异并不能改变两者都应同样带有意识形态属性的责任。

—4—

如前所述，作为"意识形态机器"的电影，其意识形态属性也应该或隐蔽或明显地体现在影片的暴力及暴力美学之中。但就目前而言，有些以暴力和暴力美学作为重要展示内容的电影本文却出人意料地出现了意识形态的缺席。这种缺席不但表现在一些中国电影文本之中，也表现在某些国外电影文本之中。

就中国电影而言，2006 年上映的大片《夜宴》《满城尽带黄金甲》可以看作意识形态缺席的代表性文本。因为，在这两部影片中对暴力的展示几乎完全脱离了道德制约和价值内涵，变成对于暴力的坚定信仰和狂热崇拜。两部影片有很多不谋而合的地方，而这些地方又几乎全部成为它们的致命伤。

首先，它们所表现的都是关于所谓复仇的主题。但是，这些复仇者在使用暴力的时候，除了满足自己的权力和欲望之外，我们几乎看不到任何其他理由。由于这里的仇恨和价值无关，所以它导致的杀戮就只能是暴力的滥用。

其次，它们都采取了"无立场"性质的叙事方式。我们在观看影片的时候，很难做出具有倾向性的道德判断，情况总是在不断变化，而这种变化的致命伤在于"无立场"。我们无法理解这样的杀戮背后，究竟哪一方面才真正代表正义——很显然，所有复仇者和复仇对象，统治者和"革命"者、秩序的维护者和颠覆者、权威的拥有者和挑战者，没有任何一方象征着正义和良知。

第三，它们都不同程度地带有渲染暴力、美化暴力的倾向。必须承认，两部影片在展示暴力方面都是费尽心思、颇有造诣的，遗憾的是这些惊世骇俗的暴力场面除了用浮夸的技术轰炸我们的眼球之外，没有给我们的大脑留下任何思考的余地，更不能给我们以基本的道德遵循和价值标准。

再比如，在香港黑帮题材《古惑仔》系列电影中，意识形态的缺席和影片中所展示的暴力同样触目惊心。和上面两部影片把叙事背景设计为一种虚拟的历史语境不同，《古惑仔》把香港现实社会作为背景，但又从根本上背离了这一现实语境。一直以来，香港社会稳定、经济繁荣、社会治安状况良好（好吧，"占中"事件和乱港分子的所作所为除外），而影片中的香港却变成了黑帮横行、法治缺失、丛林法则当道、黄赌毒泛滥成灾的社会。

而且，在展现各个帮派之间相互倾轧和"争权夺美"的时候，与上面两部影片所采取的"无立场"姿态不同，它明显倾向于以陈浩南、山鸡、包皮等人为代表的"新锐派"势力，并且详细展示和大肆渲染了他们是怎样依靠血腥暴力和阴谋诡计而取得辉煌"胜利"的过程。这种立场造成了影片与社会公认的主流行为规范、道德操守、价值取向的断裂，醋畅淋漓的暴力也因此蜕变成为混淆视听、歌颂邪恶的娱乐快餐。

如果把目光转向国外，我们看到，在《罪恶之城》（2005）和《两杆大烟枪》（1998）中，刻意营造的暴力场面（前者）和故事情节（后者），使影片成为"游戏性"暴力的经典范式，而这种叙事方式并没有办法掩饰其意识形态缺席的诟病。导演罗伯特·罗德里格兹在《罪恶之城》中虚拟了一个暴力横行、阴暗恐怖的城市，暴力成为在城市中获得生存机会的惟一希望。影片中的三个故事各自独立又彼此联系，这三个故事在视觉效果的营造方面达到了登峰造极的程度，可影片在思想内涵方面的苍白无力也同样令人感到吃惊。

盖·里奇的电影处女作《两杆大烟枪》对镜头语言的运用让

人耳目一新，哪怕这种镜头语言并不一定让人快乐。无疑，影片的成功之处并不在这里，而在于故事本身的玄妙与精巧。被惊人的巧合打造出的故事情节环环相扣、节节入胜，这样一个好故事，加上这样一种独特的叙述方式和前卫的表现技法，再辅之以充斥通片的黑色幽默——毫不奇怪，这部电影会成为黑帮片中的另类经典。可即便是这样，也无法掩饰影片在意识形态方面的无所作为。

值得注意的是，作为西方暴力美学的杰出代表，昆汀·塔伦蒂诺的影片中也令人遗憾地表现出了意识形态的缺席。此前，在他的电影处女作《落水狗》（1992）中，精致的情节设计和干净利落的结尾给我们留下丰富的想象空间；在他震撼世界影坛的影片《低俗小说》（1994）中，独一无二的"旋回式"叙事结构既颠覆了传统电影的线性时空观念，又让影片中的三个本来平淡无奇的故事变得妙趣横生。

其实，暴力本身的"无目的"性对于《低俗小说》而言倒也无伤大雅，起码这种暴力通过"旋回式"叙事结构的映衬，在一定程度上揭示了暴力的无处不在以及暴力事件的循环往复。从文体策略上看，影片虽然充满了暴力的内容，对于吸毒、抢劫、杀人等行为作了大量写实主义的描述，但其黑色幽默的手法与回旋式叙述方式又成功地将这些内容的虚构本质暴露于画面中，从而让观众与影片所叙述的故事和人物保持理性的距离，阻碍观众形成介入性的观影体验。必须承认，这样一种精巧的设计极大地削弱了影片可能带给观众的负面消极影响。

然而到了《杀死比尔》（2003—2004）和《死亡证据》（2007）那里，我们不无遗憾地看到，影片对暴力的理性思考和

深刻把握让位于更加虚荣、浮夸也因此而更具商业化的倾向。暴力的美学意义已经超越了一切、泯灭了一切，从而彻底蜕变为一种纯粹美学意义的暴力，一种无评判、无反讽、无反思亦无立场的暴力符号。在这样的电影中，抽离了现实支撑的暴力也许比他以往任何一部影片中的暴力更加重视技术和氛围，更加丰富多彩、绚烂多姿，电影也因此成为名副其实的视觉盛宴。然而这样的暴力，却再也不会具有在《落水狗》《低俗小说》中所具有的力量了。

虽然这种蜕变丝毫不会影响昆汀在世界影坛独树一帜的地位，更不会影响电影所取得的商业成功，可抽离了诸如现实语境、价值导向、道德责任等基本要素，缺乏起码人文关怀和意义指引的暴力的愈演愈烈，却在某个层面上显示了昆汀电影精神内核的缺失和泯灭。

—5—

让我们再对意识形态的在场与缺席之间的区别进行一下简短的比较。虽然从表现形式上看，《无主之城》与《古惑仔》系列电影同样被暴力、血腥、毒品和各种狂躁行为所充斥，但在影片的制作理念、创作动机及其对于社会内涵的深入挖掘上，显然存在着比两部电影中所展示的暴力更为触目惊心的差距。

《无主之城》绝不单纯像《古惑仔》系列电影那样为暴力而暴力，靠混淆视听来蛊惑观众并从中谋取利润的娱乐商品，绝对不是的。虽然充斥影片的暴力在视觉效果上做得堪称经典，但它绝非为暴力而暴力。重点在于，《无主之城》揭示出了暴力背后的人文环境和社会体制原因，它会引发我们的思考，进而同情和关注生活在其中的人们。他们无疑生活在人间地狱，而这个地狱又是被那些号称自由、博爱、民主、人道的力量一手制造出来的。而在《古惑仔》系列电影中，当暴力仅仅满足和停留在刺激观众的感官的层面时，它也必然失去了震撼心灵的力量，沦为毫无营养的精神快餐。

我不知道为什么会有那么多人如此崇尚暴力，热衷于对暴力电影的追捧。是"暴力情结"吗？是我们每个人都有一种原始的、希望凭借拳头来征服世界的野心吗？难道暴力真的是我们人类永远无法抹杀的一种本能冲动吗？

在这里，我只想说出自己的担忧：暴力电影中意识形态的缺席具有严重的社会文化后果。暴力的本质是对生命的威胁和否定，任何暴力行为总是敏感地牵动人类的道德神经。只有在正当防卫或除暴安良的时候，暴力才具有道德意义上的合理性。而且即便如此，它的合理性也是有限的——暴力只具有工具意义，是不得已而采取的手段，因此，暴力的合理性只是工具意义的合理性，而不是目的意义的合理性。

正是由于这个缘故，现代社会对于文艺作品中的暴力进行了严格的限制。这种限制表现在电影艺术中，就是在很多国家普遍采用的电影分级制度——我国电影（大陆）虽然没有采用分级制度，但在某种意义上看，我们对电影的限制似乎更加严格。这种限制通过规定暴力展现的时间和程度，特别是把暴力框入到道德允许的范围之内，让暴力受到人类基本价值观念的制约。正如再绚烂多彩的烟火也只能是烘托节日气氛的一种映衬那样，缺乏精神内核指引和人文价值支撑的暴力不可能具有教化意义，所谓"暴力美学"的诉求也不能真正成其为具有社

会意义的美学。

毫无疑问，暴力将以自己的方式在电影中继续存在下去，我们只希望它能够真正担当起自己的意识形态责任，而不要过分卖弄自己亮丽的形式和贫瘠的思想。①

7.4 《杀手阿一》：虐待狂与受虐狂

看电影嘛，每个人都应有一个大概的评判标准或者道德底线。我们会说，这个太过商业，太好莱坞啦，这是个价格昂贵而又千篇一律的垃圾嘛！这个太过血腥和变态了，这样的电影为什么还要拍出来呢？难道我们的欣赏水准已经粗糙到了这个程度？天啊，太不可思议了！这个呢，有点少儿不宜的意思啊，这个没人的时候自己偷偷看看也就算了，这样大庭广众的，真是的……

但事实上，我们之中又有几个人可以用这样的标准和底线来规范自己的观影活动呢？一个基本的结论是，对于未知的事物，我们永远都是好奇的。

《杀手阿一》（2001）对我而言，又是一次纯粹受到好奇心的驱使和蒙蔽而导致的观影行为。我痛恨自己管不住自己的观影欲望，哪怕所有的信息都在告诉我这个东西怎样不好，可只要有机会，我还是要自己亲自体验一下的，很显然，这样一种劣根性致使我因为猎奇而看了太多本不该也不值得观看的电影。

其实仔细想想也没有什么的，我对电影的涉猎一向广泛，

---

① 本文发表于《电影评介》2007年第16期，原文题目为《意识形态的在场与缺席：以电影中的暴力和暴力美学为例》，有删改。

《杀手阿一》（2001）

而这样一种广泛的涉猎又没有让我沉溺其中不能自拔，恰恰相反，这些观影经历反而更加坚定了我评价电影的标准，以及由此派生出来的诸如世界观、人生观、价值观等等。这就好比是一位"酒肉穿肠过、佛祖心中坐"的还俗和尚那样——毫无疑问，经过这样的洗礼，我的免疫能力空前提升了。

还是回到电影本身吧。感觉电影的创制者总是刻意想把电影拍得很酷，这种想法体现在整部电影的各个方面——从布景、道具、灯光、色彩，到演员的服装、发型、表情、动作，从电影的剪接、拍摄手段的运用，到叙事过程……甚至连片头和片尾的字幕都没能幸免，极尽哗众取宠之能事。

这样一种刻意的酷炫导致电影第一个致命伤的出现：很多很多桥段的形式大于内容，甚至只剩下一个要酷的形式而毫无内容。而且，这个形式又由于过于要酷，而失去了起码的真实触感。

电影的又一个致命伤在我看来，在于缺乏意义关怀。别说我唱高调，大家仔细想一想，缺乏意义关怀的电影存在的意义在哪里？电影总要表现一种观点的，哪怕你的观点是叛逆的甚至是颠覆性的，但你应该有个起码的观点，或者叫做拍摄电影的目的。而这个目的，要么引发受众的思考和共鸣，要么破坏受众业已形成的各种主流观念，要么，更狠一点，颠覆受众的价值观念。换句话说，电影总得告诉我们点什么吧？然而，我没有找到《杀手阿一》想要告诉我的东西。

而阿一这个人物的塑造，成为影片中最不可思议、不可理喻，高度抽象化、戏剧化、戏谑化的一个败笔。电影中的杀手多了，可像他这样缺乏起码统一性的个体，还真是电影史上的一个另类。

看看这些问题，我们该怎么回答：

——他坚持过什么？内心的矛盾每个人都有，行为也是这样的。可阿一实在太过了。胆小如鼠，却杀人如麻，而且异常凶残；他说过不再杀人了，可事实是，他还在继续着。他的行为和他的表情一样不可理喻。

——他杀人有原则吗？坏人和恶魔他要杀，而那个小男孩，也死在了他的手里；他为救那个受虐待的妓女而杀人，然而在这之后他却毫无理由地把妓女也杀了。他一直为当年自己没有去救立花而难过，而当他再次遭遇那个所谓的立花时，却残忍地把她杀害了。

电影为了自圆其说，找了一个会催眠术的阿叔来试图化解这些矛盾。可这里的问题是——如果这个阿一只是阿叔的代言人和行为人，那么，阿叔利用阿一杀人的目的又是什么？很明显，被阿一残忍杀害的人里面，并不单单只有被阿叔定义为坏人和恶魔的人。这里我们发现，其实阿叔的表现并不比阿一更加理智——而这样一种叙述策略，几乎化解掉了电影中所有暴力的价值意义。

好了，下面我尝试着夸奖一下这部电影。无论如何我必须承认，电影中展示暴力的方式和手段，还是具有某种颠覆性的——虽然论电影特效它过分粗糙了，比不过《杀死比尔》（2003—2004）《刑房》（2007），甚至比不过《大逃杀》（2000）。但是也足以令人难以承受了。比如，在垣原自割舌头的时候，我想很多像我一样自以为经过些"世面"的人都是要侧目的。

垣原，既是施虐狂，又是受虐狂；妓女和立花，是受虐狂；

安生、殴打妓女那个男人，是施虐狂。而影片中无处不在的对暴力的展现以及讴歌，也恰恰把这种施虐与受虐的关系表达得酣畅淋漓。正因为如此，我暗自思忖，影片也许会恰到好处地成为虐待狂与受虐狂的视觉盛宴，而对于我们更多的普通观众而言，遭遇到这样的电影，很可能是我们的遗憾——这种遗憾甚至比影片令人费解的结尾更加让人难过。

很明显，我的关于这个电影的文字，一定难以阻止你试图观赏这部电影的冲动——甚至，它还在一定程度上强化了你的这种冲动。这不能怪任何人，好奇心会永远驱使我们探索未知，虽然这在某个层面上，注定了我们的肤浅和平庸。

7.5 《我唾弃你的坟墓》：一部沾上女权主义色彩的平庸之作

很一般的电影。

我的意思是说，相对于它被列入全球十大禁片之列的噱头而言，真的是一部很一般的电影。

真的没有什么。从形式到内容，从观赏性、思想性到艺术性，从电影的深度到广度，它比较彻底地做到了

《我唾弃你的坟墓》（1959）

苍白无力——这也印证了上面提到的那个噱头也不过仅仅只是个噱头。显然它不能成为我们决定是否去欣赏一部影片的标准，除非你像曾经的我一样，好奇心战胜了理智。

作为被评论界广泛谈论的两个焦点，强奸和杀人，都比较和风细雨。强奸，没有评论界所说的那么惨烈，被处理得很含蓄；杀人，几乎没有任何视觉上的冲击。不得不承认，在经历了数以千计的暴力电影血雨腥风的洗礼之后，我们每个人的免疫力都空前提高了。

总之，这只是一部沾上女权主义色彩的平庸之作。1978 年的电影，再加上炒作、炒作和不断的炒作，于是，电影就有了自己的"名气"。这一事实也再次证明，以名气论品质的思维方式有多不靠谱。

也许，对于那些和曾经的我一样喜欢猎奇的人而言，它只具有收藏价值而缺乏任何观赏价值。它是那些喜欢故弄玄虚的收藏者们的噱头，仅此而已。据说这部电影后来有了续集、续集再续集，在用残忍血腥的影像报复男权社会的道路上越走越远了，可我真的再也没有观赏的兴趣了。因为我早已不再猎奇——虽然那样的观影经历在某个层面上，成就了我现在的观影取向。

为此，我心存感激。

7.6 补遗：《发条橙》

库布里克"不走寻常路"是尽人皆知的。这部电影给我的感觉是：这是一部必须要看的电影，却也是一部最多只能看一遍的电影。电影本身的名气让我无法再多说什么了，我说的任何一句话，都一定会成为废话。又及，《发条橙》（1971）被英国禁映长达三十年的多舛命运本身，已经说明了一切。

《发条橙》（1971）

8

异化与盲从：适者生存中的那个"适者"，还是你吗？

现代社会评价个体成功的标准之一是能否适应这个社会，成功与适应两者大致呈现正相关的关系——正所谓"适者生存"。然而，在承认达尔文的生物进化论植入社会生活领域之后依然有着广泛而深远的影响力的同时，也必须看到这种对于社会的适应和体制的依附所带来的并不会是生物意义上的进化，更是个性的泯灭与自我的放逐。于是，这种适应的后果是打造出了千人一面的"类存在"意义上的人，而个体的独一无二和那个独特的自我却被意外地排挤了。于是，异化与盲从，就成为个体为了适应社会而不得不付出的高昂代价。

我想说的是：如果这就是所谓的成功，我宁愿一败涂地。

8.1《美色杀人狂》：始于猎奇，止于惊愕

首先必须承认自己的不怀好意。是的，下载这部电影于我而言，更多是为寻求某种"刺激"。换句话说，猎奇是我看这部电影的动机。我愿意为这种猎奇给出如下原因：

其一，片名的诱惑。

"美""色""杀人""狂"。我觉得像我这样的平庸苟且之徒，想要抵御其中任何一种引诱都是异常艰难的。"美"，心向往之；"色"，这个自然不必多言了，更何况还是"美色"；"杀人"，又一个很显眼的词语，在电影（特别是商业电影）中，杀人是司空见惯的——说起来，作为电影的片名，这个词的"引诱指数"算低的了，但不要忘记，还有一个"狂"呢。杀人杀到狂，情况就不大一样了，有了质的飞跃。

其二，王樽的文字。

自己手头有一本王樽写的《与电影一起私奔》的电影散文集，其中提到了这部电影。他写道："情性饥渴的女子是无辜的，她们渴望风流男人没有错，哪怕渴望下流男人也无大碍，只是千万不要遇到像《美色杀人狂》（2000）中的风流男人，那家伙不仅要风流、要下流，更要命的是他还要杀人。"

必须承认，这样的文字和电影的片名一样具有杀伤力，以至于我在此前的一段时间里，一直在犹抱琵琶半遮面地寻找着这部电影。

其三，内心的无聊。

这一点不说，就说不到自己的痛处。以上那两点都只是外因了，外因要转化成一种行为的发生，关键问题在于行为人的自愿选择——也就是说，内因才是决定性的力量。如果我有着鸿鹄之志，我有着人生的大智慧或者哪怕是于丹女士所说的大格局，我就不会在这样一个貌似庸俗（其实也真的很庸俗）的电影片名的诱惑下猎奇。

为此，我浪费了时间，浪费了精力，浪费了大好青春年华，少做了许多有益于祖国和人民的事情。而且，更要命的是，自己居然还大言不惭地用文字记录下自己的劣行。我痛恨自己的无聊，却又被它驱使着，走向更加无可救药的无聊……

无论如何，还是回到电影本身吧——我试图说明，电影还是在很大程度上抵消了我此前的猎奇行为的庸俗，以及由此暴露出来的自己的无聊。

电影的制作是相当优良的，起码比片名要更务实而精致。事实上，影片开始时，主人公大清早的健身活动和不厌其烦地梳洗打扮，以及喋喋不休的独白已经预示着电影的非同寻常。一个物质生活优越、品位精致的男人闪亮登场了。很快我们就会发现，这家伙的确很成功——他的行为和他的身份是吻合的：作为一名 28 岁的、纵横驰骋于华尔街的、成绩斐然的股票经纪人，他拥有着世俗社会所定义的一切成功。

自然，这样的男人身边不会缺少女人。而影片在着意刻画

《美色杀人狂》（2000）

他的风流与潇洒的同时，也开始为展示他邪恶而阴暗的内心世界量身定制了大量情节——很显然，他并没有表面上那样快乐：当他没有订到和其身份相符的餐厅座位，当他发现同行的名片比自己的更有品位，当他对自己秘书的着装感到羞愧，当他看到自己的女友大谈极尽奢华的婚礼琐事……他很焦虑，也很痛苦，可他却不得不装作欣赏和宽容。

于是，他一直以来压抑着的内心的愤怒和不满，这些看似无关紧要的小"挫折"，终于在那些令人毛骨悚然的夜晚，释放出来……其实电影还是非常细腻的，在我们第一次"见识"他杀人之前，一些细节已经开始暴露他的劣行了。仅举一例——在洗衣店，他要清洗的床单上有大量血迹，他掩饰说那是果汁，可我们不是傻瓜，结合电影的片名，我们能猜到有些事情已经发生了。而且，他宽厚的外表经常被内心的邪恶颠覆，比如这个时候，在他的内心深处突然对这洗衣店的老板发出了邪恶暴戾的咆哮：必须给我洗干净！否则我要杀了你！！！

然而，当我们第一次见识到他杀人的情景时，影片在此前预设的伏笔还是没能缓解我们内心的惊愕：记得当时，我的内心一直有个声音在那里唠叨着，我靠，不会吧，不是吧，不会吧，不是吧，不会吧……对于"身经百战"的观影者，也就是我来说，影片中的杀人情节基本都是毛毛雨了，没有问题的。可是这里真的不同：

其一，他的杀人动机实在是"杀点"过低。那个男人只是在发现主人公没有订上像样餐厅的座位而发了几句牢骚而已。

其二，他太从容自若了。他打开唱机，一边欣赏音乐，喋喋不休地进行着对音乐的探讨，就像一个专业的乐评人做的那

样; 一边穿上雨衣(为了防止被害者的血溅到自己的西装上),
在各种杀人工具之间进行着取舍。

其三, 手段如此残忍。直接就用斧头砍! 而且要一砍再砍。
嘴里还咒骂着, 这下你不用为去那个餐厅担心了! ……

事实上, 影片虽然描写了杀人场面, 但在影像的处理上
还是非常含蓄和收敛的。比起《大逃杀》(2000)《杀死比尔》
(2003—2004)《罪恶之城》(2005)等好多电影来说, 它几乎没
有什么血淋淋的场面。然而在杀人的震撼程度上, 这部影片却
丝毫也不逊色于它们。这里的原因, 大概也在于上面分析的三
点吧。

回想起来, 觉得影片很是高明, 张弛有度。虽然主人公是
杀人狂, 但也不是一直杀杀杀, 这种处理的好处在于, 观众因
此就摸索不到其中的规律, 反而会在每个他有可能杀人的当口
提心吊胆。

比如, 当他把自己的秘书带到家里, 以及他第一次召妓到
家的时候, 我的心一直是悬着的, 而当她们由于某种 "幸运"
而逃脱此劫, 我的内心又会有一种如释重负般的快乐。

最后, 杀人的 "狂", 最终被赤裸裸地呈现在观众眼前。而
主人公, 也开始进入到一种癫狂的状态。他打给律师的那个电
话算是对自己杀人行径的一个总体概括吧——电话里说的好多
内容我们并没有看到(我相信在电影进行到这个时候, 已经没
有人打算看到这些了), 但其震撼力却比看到要更胜一筹。我们
有理由相信他说的一定是真的。于是, 内心的惊愕, 是的, 就
是惊愕这个词, 会再次把我们裹挟其中。

一再的惊愕并没有让我们适应, 事实上, 影片的结尾就更

加令人惊愕了：恶人被绳之以法应该是老套却又不可缺少的完满结局了，可这部电影的结尾，却被处理得匪夷所思——第一个杀人场面的牺牲者居然没有死，那些尸体也一夜之间奇迹般的消失了，就好像一切没有发生过那样。于是，他彻底崩溃了（或者叫做醒悟？）。

最终，他在片尾说出了这样的独白：

再没有什么障碍需要逾越，所有桀骜不驯者、精神错乱者、作奸犯科者所共有的不安，所有我犯过的罪行造成的伤害，以及我对这一切的漠视，我现在都成功逾越了。我的痛苦恒久而深切，我不希望世界为任何人变得更好，实际上，我要把我的痛苦加诸在别人身上，我不希望谁能幸免。可即使我坦言相陈，我依然没有得以疏解，我无法逃脱我的罪罚，我也不能再更深地认识自我，我所说的再无新意可挖，这番直白因此……毫无意义。

老实说，在看过电影之后的几天时间里，我经常会想起这部电影。除了那些震撼的场面和匪夷所思的结尾之外，还有一些思考在里面。已经写了好长了，我不介意让它再长些——

其实影片是用一种比较夸张的手法讨论了一个严肃的话题：后工业文明下的人的异化。我想说的是，实际上，我们每个人都被异化了，只是程度上略有不同而已。社会主流价值观念强悍地渗透进我们的内心，日益排挤掉了里面曾有的真诚、纯真与鲜亮的个性，也排挤掉了人与人之间相互理解、彼此温暖的需求，塑造出千人一面的以牟利为核心的人生意义。牟利成为我们无法逃避的宿命，进而异化掉了我们。我们急功近利，并为此焦躁不安。我们在牟利欲望的胁迫下生存，内心荒芜而孤独，饱受欲望的折磨。于是，影片所展示的主人公的疯狂行径，就成为对这变态社会的一次极尽讽刺意味的反抗和突围。

好吧，在这篇文字的最后我必须给出自己的观点，主人公是一个人格分裂的精神病患者，影片中的所有和杀人相关的经历及其记忆，都出自他的幻想。

因为不要忘记，电影的另一个译名是——《美国精神病人》。

8.2 《阿甘正传》：跟跑者的尴尬与无目的生存

电影一方面展现了我们的主人公———一个智商只有七十五的弱智——阿甘，从孩童到中年的成长经历，同时，也带领我们从阿甘的独特视角回顾了 20 世纪 50 年代以来美国社会的整体变迁。当然，导演肯定不想照本宣科地还原历史教科书——事实上，影片中的阿甘成了美国这个特定历史时期很多重要事件的亲历者（比如越南战争、中美"乒乓建交"等），甚至成为重大事件的目击者（比如水门事件等）。并且，阿甘凭借自己的善良和正直、淳朴与执着，成就了自己本来带有些许残缺的人生。换句话说，是导演刻意成就了阿甘。

阿甘从小受人歧视，班级里的很多孩子欺负他，只有这个名叫珍妮的女孩在帮助他、支持他。每次有人要欺负阿甘的时候，她都大声叫道："快跑，阿甘！"于是，阿甘开始拼命奔跑，并由此练就了足以令人感到惊奇的奔跑能力。伴随着年龄的增长，追赶阿甘的人开始不得不利用交通工具了——比如自

《阿甘正传》（1994）

行车，最后甚至使用了吉普车——但，他们无一例外地总是会被阿甘远远地甩在后面。

这种强大的奔跑能力也为阿甘赢得了巨大的荣誉：不但让他成为大学生橄榄球队里的主力队员，获得了大学学位，甚至还得到了总统的接见。之后，他又是凭借这种奔跑，在越南战场上英勇救下了十几条人命，得到了一枚战功勋章，再次得到了总统的接见。

更加值得庆幸的是，几经波折，阿甘和珍妮终于再次相遇了。现在，他们携手回到家乡，共同度过了一段非常美好的时光——显然，这一定是阿甘生命之中最为美妙的时光了。可是好景不长，在阿甘向珍妮示爱，珍妮也将自己奉献给了阿甘之后的那天清早，珍妮还是悄无声息地离开了阿甘。

而我想要重点说明的那个桥段，马上就要到来了。珍妮离开时，给阿甘留下了一双崭新的跑鞋——正因为珍妮的"快跑，阿甘！"成就了阿甘的奔跑能力，而这种奔跑能力又成就了现在的阿甘，所以，眼前的这双跑鞋就显得意味深长了。想必阿甘非常痛苦，他搞不懂珍妮为什么要离开自己。终于，在一个平常不过的清早，他穿上了这双跑鞋，开始了又一次的奔跑。

和此前的那些奔跑比较而言，这次奔跑可能是最为纯粹意义上的奔跑了。他曾经为了免受别人的欺负、为了让橄榄球触线得分、为了营救自己的战友而奔跑，而这次他所关注的只是奔跑这个行为本身，而没有什么真正的目的。如果非要加上一个目的，那可能就是他要宣泄失去珍妮的痛苦吧——妈妈曾经告诉阿甘："人要想往前走，就得忘记过去。"于是，他就这样一直跑啊跑、跑啊跑，日复一日、月复一月、年复一年。

媒体当然会介入这个事情——就算不是阿甘，就算阿甘以前没有任何名气，就算奔跑的这个人换成你或者我，媒体也绝对不会放过这种事情的，否则媒体就不是媒体了。于是，阿甘再次出名了。

进而，他开始有了自己的第一个追随者。这个人说：

哇，你就是阿甘吗？真的是你吗？太棒了！我在想，'这个人真棒，他把自己的人生问题都解决了。'……所以，甘先生，我要追随你！

然后，阿甘的追随者越来越多，他们每天跟随阿甘一起奔跑着、奔跑着——直到有一天，阿甘停止了奔跑。

对于阿甘而言，奔跑以及停止奔跑，何时开始与何时结束，都是正常的。对于一个智商只有七十五的人，做出什么样的行为都该算作正常。但是跟跑者不一样，他们是正常人。所以，问题来了：阿甘的奔跑可以毫无目的，但跟跑者不可以。因此，他们的跟跑行为从一开始就是荒谬的。然而，事实证明他们也可以毫无目的地奔跑，并且为自己做出的这种荒谬选择而感到快乐和兴奋。甚至，他们认为自己的生命从未像现在这样充实和丰满。现在，他们终于找到了自己人生的意义，这种感觉太棒了。

跟跑让他们忘记了很多事，包括忘记思考自己为什么要跟随一个弱智来奔跑。他们只是一厢情愿地奔跑着、奔跑着，享受着由此带来的自我实现的快感。直到阿甘停止奔跑的那一刻，他们跟跑的荒谬才被自己真正意识到。于是，影片中最具讽刺意味的时刻终于到来——阿甘停止了奔跑，慢慢转过身来，对着跟随者，也很有可能仅仅是自言自语地说："我……太累了，我想……我该回家了。"

之后，他步履蹒跚地穿过跟随者的队伍，开始往回走。也就是在这个时候，跟随者们才突然感到了一种从未有过的失落（其实，他们一直处于失落之中，只是自己没有意识到罢了），甚至恐慌。以致于到了最后，看着阿甘渐行渐远的身影，跟随者队伍中的一个人终于无尽苍凉地朝阿甘大喊了一句：

那我们怎么办？！

我觉得，哪怕仅仅拥有这样一个不足两分钟的片段，这部电影就可以立刻成为经典。因为这一幕实在太富有戏剧性了，这太生动、也太深刻。在这个片段中，导演通过对阿甘追随者含而不露的低调讽刺，对于目前美国人的现实生存状态进行了辛辣的嘲讽和无情的挖苦，进而畅快淋漓地批判了一回这个物质丰富而精神缺位的文明社会。无目的生存正在成为很多人的存在方式，只是他们并没有意识到这一点。

值得注意的是，导演别有用心地让那根价值连城的羽毛飘在影片的开头和结尾，像极了《美国丽人》（1999）里的那个在墙角随风飘动的廉价塑料袋。是的，它们都在随风飘动，不自知、也不确定，更无法自决。它们只是存在着，以随风飘动的方式，存在着。它所代表的，究竟是影片中的主人公，还是影片中的所有人，抑或是观看电影的我们？它究竟是在暗喻电影主人公的存在方式，还是美国社会普通民众的存在方式，抑或是以文明进步而标榜的整个现代社会的个体存在方式？

　　我为自己能在人生旅程之中和这样一部伟大的电影邂逅而感到庆幸，我为自己能在这部电影之中体会到了现代社会个体生存的盲从本质而神情激荡。哪怕，生命的无意义感会如此尖锐地刺穿了我的内心、打击了我的自负，可我终究还是意识到了自我存在的虚无——这起码证明我正以某种"自知"的方式存在着。

　　为此，我理应快乐。

"生存"是件小事儿，却总是无比艰难

人生面临诸多悖论，其中之一是我们无法成为梦想中的自己。是的，我们被困在了现实，陷入细琐繁芜的时光深处，鸡零狗碎、周而复始、漫漫无期，这几乎就是生活的全部表象了，为生存而战。于是，人生变成了装满各种琐事的破烂不堪的麻袋，当你逐渐成长、步入中年，它也会随之变得越来越臃肿，越来越破烂不堪——我们当然不会因此感到充实，因为这些琐事只会让人生变得更加支离破碎，最终消解了那个梦想中的自己。

个体生存之艰难，大抵如此吧。

9.1《北京杂种》：社会"异己分子"的生存状态

终于看了这部电影。

故事情节似乎没有必要介绍了。张元导演刻意营造出一种混乱、交杂的叙事风格，把本来简单得不需要思考的故事讲述得支离破碎，却也恰倒好处：很显然，这样的故事用这样的方式来讲诉是最好不过的了——否则，让我们试想，这个比 4 分钟的 MV 的故事构架复杂不了多少的电影，观众得付出多么大的勇气和决心才会坚持坐上一个多小时，把它从头看到尾呢？

《北京杂种》（1993）

在我看来，这些因为近乎疯狂的剪辑而变得分崩离析的影像，以及被频次惊人的国骂一统江山的叙事线索，都只是为了使这个作品看起来更像"电影"而不得不进行的努力。事实上，它的确也就仅仅停留在"像个电影"的这个层面上不思进取了。

好在，这部电影并不是要讲什么故事。

其实，这部电影的拍摄目的是要真实反映这么一群人的生存状态。都是一些什么人呢？用影片快结束时对着镜头自言自语的那个哥们的话来说，他们——

都是由着性子去活的那种人，是社会的异己分子。

是的，就是这样一个特殊群体，一个"主动边缘化"的群体——这里的"主动边缘化"，是指他们生存状态的边缘化不是出自外部力量的胁迫，而是一种自愿的坚守或主动的逃离。他们是地下乐队的乐手、穷酸的作家和诗人、落魄的词曲作者和画家，以及其他一些愿意和他们混迹在一起的、生存状态更加漂泊不定的各色男女。

无论如何生存，生存本身总该得到尊敬——要知道这世界对于每个人的意义，都基于个体生命的"在场"这个前提。我们没有资格判定谁的生存状态是好的、谁的是坏的，更没有资格讨论哪种生存方式才更有价值。生存不是伦理的，也不是功利的，生存只是生命的在场，以及为了延续这种在场而付出的努力。说到底，每个人都在努力按照自己的意愿去生存。合适自己，自认为好，就以足够。

于是，为了能够按照自己的意愿去生存，我们开始奋力奔跑，只是我们采取了不同的奔跑方式，也奔向了不同的方向。更多人选择了更为安全稳妥也更为理性的体制内生存，磨去棱角，让自己变成千人一面中的一员。而那些与生俱来的独特禀赋和卓著才华，在不断地适应与妥协之后慢慢失去光泽，化作一种廉价的缅怀或矫情的遗憾，在终日奔波劳碌的某个独处的空隙，体会心灵的失血和内心的悲怆。

而另一些人，他们听从内心的呼唤，为了自己渺茫的梦想揭竿而起，成为体制的叛逆者。他们放荡不羁、天马行空，生活也因此变得混乱而艰辛，缺乏起码的物质保障。可是，他们一直坚守着梦想并因此也感动着自己，哪怕这个梦想不仅让他们吃尽了苦头，还成为他们回归主流社会无法逾越的障碍。

作为"社会的异己分子"生存的社会背景，镜头中的北京，充斥了大量破败的建筑、肮脏的街道、混乱无序的交通、毫无生气的行人，以及调皮可爱的孩子和满脸沧桑的老人。倒是阴雨绵绵的长安街上的那些标志性建筑，提醒着我们这里是北京，北京在这里。我不想妄自猜测导演的用意，可用这样的镜头语言来映衬生活在北京的这些社会异己分子的生存状态，倒也十分自然、贴切。

看到了崔健、窦唯和臧天朔的熟悉面孔，他们都是本色演出了，而且在很大程度上，电影就是在描述以他们为代表的这群人的生存状态。

影片中的崔健不停地排练和演出，又不得不为了找到一个合适的排练场所而不停地搬家；窦唯在酒吧演唱的那段影像被有意拍得非常丑陋甚至狰狞，镜头带有一种宣泄的快感，而这种方式也刚好可以触动我们内分泌失调的神经；臧天朔在影片中只是随着崔健的演唱发出了几声令人不安的吼叫，之后，他在整部影片之中操着喋喋不休的国骂，偶尔不高兴了再去动动拳头。

片尾，那个被卡子苦苦寻找的女友毛毛还是生下了他们的孩子，而这个不成体统的父亲在得知此事之后，满脸茫然地走在街上，穿过茫茫人海。青春的躁动与生活的困顿彼此缠绕，被梦想放大了的迷惘让这些无辜的生命变得更加颠沛流离、无所归依。我想，这可能就是所谓的北京杂种——这些社会"异己分子"生存状态的缩影吧。

9.2 《午夜牛郎》：来自社会边缘的震撼，过目难忘

我知道这部电影是不会错的。单是奥斯卡最佳影片这个"头衔"就已经让它光彩照人了，更何况它的主演之一还是大名鼎鼎的达斯汀·霍夫曼。

现在，在我打算记录下来点什么的时候，先发出一个呼吁吧：独乐乐不如众乐乐，希望每个人都来看这部电影，这部上映于1969年的电影，这部用撼动心灵的真实来反映社会边缘群体生存状态的电影，哪怕它选取的角度是如此另类。

从未有任何一个时代的人们会像我们现在这样渴望成功，也从来没有哪个时代衡量成功标准会像现在这样多元。以影片中的那个渴望通过向贵妇人出卖身体而获得所谓成功的帅哥来说，他的成功标准本身就已经让主流社会大跌眼镜了。是的，这部电影就是要探讨这种"边缘群体"的生存状态。而且在我看来，没有边缘也就无所谓主流，边缘也是社会的重要构成要素。甚至，对于一个社会的和谐稳定而言，我们更应该关注的是这个边缘。

故事本身就不想在这里赘述了，那种越来越无望、越来越压抑的情节推进会毫不留情地把我们逼上绝路，让人不堪回首。好在，在得知最后的悲惨结局之前，我们会一直被它吸引。生存就是这样一件艰难而荒唐的事情，甚至没有时间和精力去思考"为什么"，而只依靠一种近似动物本能的方式，努力让自己的生命不断延续、延续、延续。

是的，边缘群体显然也有他们的梦想，也在为这梦想的实

《午夜牛郎》（1969）

现进行着努力，不管他们的努力方式在主流社会看来是多么惊世骇俗，有梦想总是好的。可惜，惨淡的现实经常会毫不留情地告诉他们，他们没有机会了。

记得伏尔泰说过这样一句话，他说："我可以反对你的意见，可我会用生命捍卫你说出自己意见的权利！"是的，话语权本应是每个社会成员的基本人权，而且在我看来，越是身处社会边缘，就越需要这种话语权——他们不被主流社会理解、没有利益表达的渠道、不被代表，自身也由于受教育程度的低下、生活境遇的窘迫而失去了表达自己意愿的能力乃至意识。他们麻木地活在每一天的痛苦之中，艰难度日，甚至不知道这样的状况是如何开始的，可结果却必须由他们去承受。

这个社会并不公平。说来讽刺，被我们津津乐道的所谓文明进步通常都是以牺牲公平作为代价的。但也正因为如此，公平才成为千百年来人类无法遏制的向往和追求。

最后我想说的是，早在五十一年之前达斯汀·霍夫曼就开始用自己卓越的演技来征服世界了，以他的起点，想平庸都难。

9.3 《美国丽人》：白描美国国人生存状态的教科书

已经不记得是第几次看这部电影了。

描写一个"我也不会记得像我这样的人"的小人物，即将结束自己生命之前近一年时间里的人生经历。却可以感动整个世界，嘲讽我们华丽充盈的生命。

每个人都那么可悲，却又那么真实——

我们的主人公是一个随着剧情的展开，越来越让我们同情

《美国丽人》（1999）

乃至怜悯的"失败者"：他是一个业绩平平的广告业务员，并且在影片开始不久就失去了这份已经干了十四年的工作。他的婚姻一潭死水，已经好几年没碰自己事业有成的老婆了，事实上，他的老婆很快就要红杏出墙了。而他和女儿的关系更是不尴不尬。

其实这个有点窝囊的中年大叔的思想和行为虽然稍显"另类"，但他善于自我嘲讽，有点玩世不恭而又自暴自弃，还是很讨人喜欢的。相信在他用如此恶劣的方式来报复他的老板、挽回他的尊严时，我们都会为之惊讶，然后拍手称快。他既可笑、又可悲——他的悲剧在于，为了摆脱无法摆脱的庸碌生活，他选择了让人大跌眼镜的方式。

是的，生活太沉重，总得透上一口气才好。可他透气的方式却是"爱上"了自己女儿的同班同学兼好闺蜜，整日沉溺在那些华丽而荒诞的性幻想中。电影的高明之处在于，那些看似荒诞不经的剧情纠缠之中无不传递着现实生活的种种重压，所以它才会如此感染人、打动人。

主人公的妻子是一个野心勃勃的房地产公司销售，一个把物质生活看得比生命还要重要，一心想要获得事业成功的"女强人"。然而，生活对她而言绝非她在人前表现得那样从容优雅、仪态万方——恰恰相反，她矛盾、软弱，并且因为过分害怕失败而变得畏首畏尾，有些神经质。

为了走向成功、排遣压力同时也是寻求"真爱"，她很快便和那个勾引她的地产大亨上了床。而当自己的出轨行为不幸被丈夫发现时，她用"不要做一个牺牲者"的人生信条来强迫自己不要妥协和悔改，竟然考虑要用枪来解决这个麻烦。也许，多年平淡无奇、细琐冗长却又压力重重的现实生活终于异化了她的全部理智和才华，现在，她要向着一个更加无望的未来疯狂迈进。

主人公的女儿珍妮是一个不谙世事、有着青春期女孩所特有的逆反和自闭的中学生。对她而言，认识这个世界远没有实现自己的隆胸愿望来得重要。很明显，她还没有能力思考人生以及未来，她一厢情愿地观望着这个过分陌生的世界、痛恨父母对自己的忽视，同时也在和新搬来的邻家男孩眉来眼去。在片中悲剧发生的那一瞬间，她能否会有所触动、觉悟人生？这个问题着实令人头疼——也许，她会错过摆脱懵懂、走向成熟的惟一机会，就像她之前一再错过的那样。

邻居家的男孩是一个吸毒的贩毒，一个整日郁郁寡欢、特立独行，喜欢用 DV 机拍摄眼中一切"美好景物"的问题青年，在父亲动辄拳脚相加的暴力管束之下，逐渐摸索出了一套行之有效的处世之道——用表面的顺从和骨子里的叛逆来哄骗父亲，进而对抗整个世界。他行为处事老到得像一个真正的商人，却也有着自己不被理解的悲哀和感伤。他很细腻甚至忧郁，只是他把这些情感都宣泄在了本来不值得宣泄的地方。

邻家男孩的父亲是一位退伍的海军军官，一个渴望秩序、用生命捍卫秩序的"可怜的老人"，他全力以赴地把自己对秩序的渴望强加在了儿子和爱人的身上，从而也酿成了自己家庭生活的悲剧。而且也正是他对儿子近乎偏执的爱才要了影片主人公的命。当然，其实他也是自己性格的牺牲品，他不快乐、不幸福，充满无人言说的痛苦和挣扎。

主人公女儿的同班同学兼好闺蜜，是一个视平凡为瘟疫，唯恐避之而不及的女孩，也是一个看似自信、张扬甚至放荡，实则自卑、胆怯而又充满幻想的小处女。在影片接近尾声的时候，我们会突然意识到这一点，并且深深为她感到悲哀。

而那个和主人公妻子有染的地产大亨，一个没有勇气为自己的行为负责的懦夫和机会主义者，当他的不轨行为被影片主人公发现之后，他能做的就只是逃之夭夭。

……

于是，两个小时的电影，开始震撼心灵了。而且，当我们越发同情甚至怜悯影片的主人公时，就越将他推向死亡。人生有时就是这样莫名其妙。

清晨的自慰行为是主人公一天之中惟一的高潮，之后就一直在走下坡路。"我是一个小人物，我不会失去更多了"，所以，他才可以通过最不体面的方式去报复他的老板。而卖掉本田，买了向往已久的"火鸟"，这究竟是自己多年人生夙愿的实现，还是对于无奈现实的一次苍白无力的突围？

对于弄脏四千美元的意大利真皮沙发的担心，会轻易阻止妻子对于她和丈夫之间浪漫爱情往事的怀念。可"不想做一个牺牲者"的人生信条却使她真正成了自己可笑婚姻的牺牲品，为什么她总在无望的挣扎和抱怨，而不敢真实地面对自己的婚姻？

也许，我们每个人都是可怜虫。无论怎么挣扎和努力，都难以左右存在的荒谬感。在邻家男孩的数码摄相机里随风舞动的塑料袋，真的就是我们人生的真实写照吗？请别忘记，这段影像可是被他作为自己拍摄得最美好的影象而播放给珍妮看的啊。他用如下语言描述了它的美：

那一天很奇妙，再过几分钟就要下雪，空气中充满能量，几乎听得到，对吗？这个塑胶袋，就跳起舞来，像一个要我陪他玩的小孩……整整十五分钟。那一天我突然发现，事物的背后都有一种生命，一种慈悲的力量，让我知道其实我不必害怕，永远不用怕。它让我牢记，这个世界有时候，拥有太多美，我好像无法承受，我的心，差一点就要崩溃……

好吧，让我们赋予生命意义。也许，我们真的别无选择——赋予生命以意义，并且坚信，这就是自己生命的意义。只能是这样。哪怕是在看过十遍电影之后，也只能就是这样。

这就是生命的意义。

9.4 补遗：《偷自行车的人》

从自己的自行车被偷，到偷别人的自行车，主人公的这种转变至少说明了两个道理：

其一，只有在现实遭遇面前，我们才有可能看清自己的本来面目。然后，我们肯定会对这样的自己惊奇不已——无论是好还是坏，本来面目总会让我们震惊。而在现实遭遇来临之前，我们并不了解自己，只是以自以为是的方式来看待自己。

其二，生存本能是这样一个东西，它会瓦解进而突破我们一直坚守并且引以为豪的各种底线。最后，"我要活下去"的信念会成为人生最为原始也最为强烈的目标。我们所标榜的高贵、善良、正直、真诚……所有冠冕堂皇的自诩都抵不过生存本能的驱使。

《偷自行车的人》（1948）

10

亲情，将是我们直面惨淡人生的最后勇气

　　也许每个职业工作者都会有这样的体会：当我们为了工作和事业而奔波劳碌了一整天，只有在回到家里，卸下了职业身份的束缚之后，我们的内心最真实，也因此是最为轻松的——我们可以把腿搁在茶几上，随意变换电视频道；可以抱抱可爱的女儿，听她唱出那稚嫩而清脆的旋律；可以什么都不想，都不说，都不做，只是一个人安静地待着，享受独处。是的，只有在家人面前，我们才可以肆无忌惮地真实。而且，每当事业发展遭遇挫折、面临危机，家就更是我们疗伤止痛、寻求慰藉的最后港湾。

　　这就是为什么我们经常能听到，"我想和我的家人在一起"的原因吧。

10.1 《我是山姆》：理性的缺憾与感性的完美

　　原来好莱坞在制作细腻、温暖、感人至深的影片方面一点也不逊色。在看过《当幸福来敲门》（2006）《从心开始》

（2007）和现在的这部《我是山姆》（2001）之后，这种感觉尤其强烈。很显然，通过赚取眼泪的方式来赢取票房和专业影评人的喝彩，是这类影片成功的关键。

在写这篇文字的时候，我考虑更多的已不再是剧情带给观众的感动了，它当然可以轻松感动所有人——相信每个看过电影的人都会同意我的说法，而所有没看过这部影片的人在看过之后，也会同意这一点。因此，我在这里就不去赘述这种感动了，而是打算通过这部电影大概说明一下理性与感性的关系。

先说理性的部分。

首先，我觉得电影的表现手法并不完美。

电影开始时，相信很多人都会不大适应那些快速切换的剪辑，以及随意摇晃的镜头。它用快速切换的剪辑来刻意制造一种忙乱的感觉，又大量运用纪录片的拍摄手法来增加影片的真实感和在场感。同时，出于增加观影群体数量（显然，看的人越多，电影就会越卖座）的考虑，影片又在剧情推进的过程之中加入大量戏谑化的表现手法来增加笑料。于是，电影就在忙乱而笑料频出的过程中，演绎了一个感人至深的故事。

这种表现手法带来的直接后果是：我们不得不在被感动得一塌糊涂的同时还要笑出声，还要忍受那让人心烦意乱的任性影像。

再有，坦白讲，我觉得肖恩·潘在片中的表现有用力过猛的嫌疑，并不足以令人满意。其实他在很多影片中的表现都要比在这里做得更好，比如他在《U 形转弯》（1997）中的表现，在《国王班底》（2006）中的表演，都足以达到让人敬畏的程度。肖恩·潘在这部影片中的问题主要出在过分卖力上——为了演好这个智障的父亲，他的确是下了功夫的，也花费了大量时间精力去揣摩角色，这个我们太容易看出来了。

然而也正因为如此，所谓"过犹不及"，他所饰演的这个智障形象，同达斯汀·霍夫曼在《雨人》（1988）和汤姆·汉克斯在《阿甘正

《我是山姆》（2001）

传》（1994）中塑造的智障形象相比较，还是有着一段不小的距离。由此，我甚至还不怀好意地推测，《我是山姆》在电影艺术上的造诣要远远逊色于上面提到的这两部影片。

通过上述看似理性的分析，可以认为这部影片存在很多缺点。然而现在的问题在于，这些缺点丝毫没有阻碍我们被它感动。

于是，一个悖论就出现了：我们一直自诩理性能力是人区别并且优于世间万物的标志，可现在的事实却是，就算我们理性地发现了这部电影作品的不完美，可我们依然会被它感动得一塌糊涂。难道这不是一个极具讽刺意味的事情吗？而且，我们究竟是在用理性来面对世界，还是依靠感性呢？至少在面对这部电影时，感性的力量占了上风。

还是让我给出自己的观点吧：说来讽刺，人靠理性来立足，却靠感性来行动。思维是理性的，可一旦行动起来，我们太容

易被感性所蛊惑。事实上，人类所有美好的情感体验都是建立在感性的基础之上。没有这些美好的情感体验，生而为人的意义、安身立命的激情，我们又该去哪里寻找？

比较而言，理性只是一种派生性的、非本质的力量。虽然理性帮助人类开创了波澜壮阔的物质文明新纪元，但是不要忘记，感性却一直在支配着我们内心深处最为真实的所在。

好吧，感性是我最为真实的存在方式。我是感性至上主义者，如果真有这种人的话。

10.2 补遗：《K星异客》

无论剧情多么玄虚、视角多么怪异，这只是一部伦理片。它所要探讨的，其实也只是人与人之间的关系问题，仅此而已。一段无法承受的悲惨往事最终造成主人公的精神分裂。而往事之所以悲惨，缘于他对家人深切而炽热的爱。K-PAX星上没有婚姻、没有亲情，更没有悲伤，这正好从一个侧面反映出了主人公对于痛苦的心理防御。

这部影片在提醒我们，要珍视和热爱身边的幸福。

《k星异客》（2001）

11

关于死亡，其实我们只能承认，
我们一无所知

人生哲学是以对死亡的思考或者是对死亡的逃避为目标的。为此，我们想了那么多、写了那么多，也做了那么多的努力。可事实上，惟一确定无疑的，只是我们都会死——除此之外，我们真的一无所知。无奈之下，也是出于对死亡的恐惧和对这种恐惧的拒斥，我们有了宗教、有了信仰，试图用虚妄的永恒去对抗生命的短暂。

生而为人的荒谬感，就在这里：生命注定短暂易逝，可我们从未停止对于永恒的意淫。

11.1 《生死停留》：如果那些幻象不会终结

就在刚看完这部电影的当口，对的，就在那一刻，突然有种想法：希望影片中的那些如梦似幻的镜像，可以一直持续下去——是的，它们的确有些让人无所适从，内心会涌起好多的担心甚至惶恐。可是，那些镜像是多么美好啊，对于这种美好可以持久存在的期望甚至超过了我对故事结局的期待。是的，

《生死停留》（2005）

影片的最后一定会揭示谜底的，然而，也正是这个谜底的揭晓，会打破美好。

突然想到多年前环球电影论坛上的那个坛友，她在签名中使用了安妮宝贝的那句话：

我渴望丰盛而浓烈地活，哪怕是幻觉。

就在那一刻，就在观看这部电影的绝大多数时间里，就在电影带领我越来越多地沉沦在那些匪夷所思、变幻无据的情节、画面和音乐的时候，我居然会体验到一种别样而深刻的感动。这种感动似乎没有来由，却又如此根深蒂固——那些曼妙的影像、迷幻的音效，不由分说地将我裹挟在其中，并让我为之快乐。

也许它不是一个好故事。然而我必须承认，在每一个瞬间里，影片无不成功地营造了最为诡异多姿的氛围和最让人流连忘返的镜像。我只是想知道，在生死停留之际，那些看到的、听到的、想到的，究竟是世界本身，还是幻想和错觉？抑或，甚至就连这个世界，是否只是一场发生在我们头脑中的精致想象？

如果那些幻象不会终结，我就可以一直沉溺其中，永远不必在意故事的结局，更不必回到这残酷冰冷的现实。可事实是，我早已回到这里了，并且拼尽全力去忘记影片中的那些幻象给我带来的不良后果。

后果之一是，有了这篇文字。

11.2 《死亡幻觉》：梦到自己死去，是最美好的梦

每个人对电影的理解各有千秋，对电影主题歌的理解也往往大相径庭。就拿这部电影——《死亡幻觉》（2001）来说，我是在忍受了漫长的两个小时之后，影片终于接近尾声了，在那首凄绝美绝、低回婉转的主题歌唱响的一刻，才似乎感觉到了一些东西。

我发现，可能整部电影——自从主人公的房间被从天而降的巨大飞机引擎击中之后的一切——都是一种"死亡幻觉"。其实，从那一刻开始，主人公已经离开了我们，只是我们，也许也包括他自己，不知道而已。

于是，内心深处有个地方轻轻颤抖了一下……

很有可能，没有这首歌曲，整部电影也就失去了灵魂。检索了一下，知道这首歌的名字叫《Mad World》，是 Tears For Fears 在 1982 年创作的，影片中采用的则是经由 Michael Andrews 和 Gary Jules 改编之后的版本。

把歌词放在这里吧：

All around me are familiar faces

周围都是一成不变的面孔

Worn out places worn out faces

破旧的地方 疲惫的脸孔

Bright and early for their daily races

早早起来开始每天的竞争

Going nowhere going nowhere

无处可去 无处可逃

And their tears are filling up their glasses

他们的泪水盈满了眼睛

No expression no expression

面无表情 面无表情

Hide my head I wanna drown my sorrow

把头深埋 想把我的忧愁忘却

No tomorrow no tomorrow

没有未来 没有未来

And I find it kind of funny

感到有些可笑

I find it kind of sad

感到有些悲伤

The dreams in which I'm dying

那些我在其中濒死的梦

Are the best I've ever had

是最美妙的梦

I find it hard to tell you

我发现很难向你说明

('cause) I find it hard to take

因为这很难接受

When people run in circles

当人们的生活就这样循环往复

It's a very very

这真是一个非常非常

《死亡幻觉》（2001）

Mad World

疯狂的世界

Mad World

疯狂的世界

Children waiting for the day they feel good

孩子们期待着美好的那天

Happy Birthday Happy Birthday

快乐的生日　快乐的生日

And I feel the way that every child should

孩子被教导的循规蹈矩

Sit and listen sit and listen

坐下听讲　坐下听讲

Went to school and I was very nervous

去上学弄得我很紧张

No one knew me no one knew me

无人识我　无人懂我

Hello teacher tell me what's my lesson

老师你好　告诉我该学什么

Look right through me look right through me

视而不见　她对我视而不见

And I find it kind of funny

感到有些可笑

I find it kind of sad

感到有些悲伤

The dreams in which I'm dying

那些我在其中濒死的梦

Are the best I've ever had

是最美妙的梦

I find it hard to tell you

我发现很难向你说明

('cause) I find it hard to take

因为这很难接受

When people run in circles

当人们的生活就这样循环往复

It's a very very

这真是一个非常非常

Mad World

疯狂的世界

Mad World

疯狂的世界

Enlarging your world

扩展你的世界

Mad World

疯狂的世界

对照歌词，再回想一下故事情节，其实这部伪装成惊悚片和科幻片的青春题材电影，只是透过主人公内心的恐惧与矛盾、叛逆与哀伤，让我们用一种另类却又无比犀利的眼光去重新审视这个世界——这个滑稽的、带点哀伤的、疯狂的世界。

扩大你的世界吧，也许，这是死亡来临之前，我们惟一能

《恐怖游轮》（2009）

做的事。

11.3 补遗：《恐怖游轮》

我在想，死亡显然不如周而复始的重复更让我们感到绝望。看过电影，你一定知道我在说什么，并且因此痛恨我的不怀好意。

12

我们无法左右的，一直在左右我们：狗血的命运

我们往往会把那些自己无法左右、却又左右我们人生走向的因素统称为"命运"。失势者喟叹时运不济，承受命运面前的各种无能为力，掩饰内心的不甘与惶恐；得势者则意气风发、春风得意，进而沾沾自喜、狂妄自大，叫嚣"我真的还想再活五百年"。这个世界是不公平的——无论是好是坏，接受无可避免的，改变可以改变的，就是成长。

也许，宠辱不惊，走好自己可以把握的人生每一步，就已足够。

12.1 《钢的琴》：时代巨轮滚滚向前，每一种挣扎都如此动人

是的，电影的确是在讨论人生。但是电影从来不是抽象地讨论人生，而是在特定的时代背景之下，以时间流逝的方式展现电影主人公的人生经历。如此看来，眼前的这部电影，是在20世纪90年代中国市场经济全面开启的时代背景之下，描述

了生活在东北老工业基地的小人物的人生经历。

这里的问题在于，那个曾经可以呼风唤雨的企业职工陈桂林，在下岗之后竭尽全力地谋生，可他依然无法改变自己的悲剧性命运：先是爱人忍受不了清贫的生活而移情别恋，后来是女儿抚养权的最终失去。陈桂林很努力，甚至不惜去学校偷钢琴、不惜动用自己的全部社会资源去制造一架"钢的琴"。然而他的失败是注定的，他的努力也因此显得太过悲壮。

《钢的琴》（2011）

说到底，他个人的悲剧性命运是时代变迁的缩影：市场经济、牟利动机终归战胜了固守多年的传统。就像在影片结尾处轰然坍塌的两个矗立的烟囱那样，时代裹挟着草芥般的个体命运滚滚向前，每一种挣扎都如此动人……

也如此无助。

12.2 《蝴蝶效应》：究竟我们能否左右自己的命运？

一部构思奇特、发人深省、回味无穷的电影。

伊凡，一个有着家族精神病史的孩子，总会莫名其妙的短暂失忆。而且，失忆总会发生在一些重要时刻。

20岁的伊凡进入大学，似乎病症得到了缓解，没有再出现失忆的情况。但他总是试图回想起当年失忆的时候发生的那些事情。一次偶然，他翻开了自己的日记，于是惊奇地发现，自己可以通过阅读记录当时状况的日记，来回想起当时遗失的记忆！

但这似乎不是什么好事。情况变得越来越复杂：那些被回想起来的记忆，居然是可以改变的。他可以通过自己的努力来改变当年已经发生过的，而又被自己遗忘的事情！更令人惊奇的是，通过改变当年的情况，可以改变现在的生活经历及遭遇！换句话说，每个当年被他遗忘的事件当事人的命运，可以通过他现在的努力而发生逆转！

于是，他陷入一种恶性循环之中：他总是试图让自己当年的恋人、朋友，以及自己的母亲变得比现在更幸福更快乐，但种种努力的结果却总是无法两全其美。而伊凡，这个神通广大或是疯癫妄想的主人公，也不得不在一次次的改变中，忍受自己在大学读书、监狱服刑、谈情说爱、杀人或者自杀，以及肢体残疾等等大相径庭的人生际遇之间来回穿梭……并且，他在又一次尝试改变的过程中，又错手炸死了自己最为珍视、最希望能与之相伴到老的女友。

而在此前，这个女孩的命运也完全没有因为伊凡的努力变得更好：要么，她不再喜欢伊凡，和伊凡的朋友恋爱，伊凡却失去了双臂，成为自怨自艾的可怜虫；要么，她和伊凡在大学共度浪漫时光，然而好景不长，伊凡错手打死了她的哥哥而进了监狱，只留下她在痛苦和愤怒中生活；要么，她一个人在酒馆当服务员，不时还要忍受食客的骚扰，之后又因为伊凡的出现而绝望的自杀；要么，她被毁容，成为一个自暴自弃、放浪形骸的妓女……

当尝试过所有的可能性之后，伊凡绝望了。于是，在电影接近尾声时，他做了最后一次，也是最不可思议的尝试：他要借着记录自己出生时的那盘录影带，回到自己还在母亲腹中的那个时刻。接下来，他在母亲的腹中，用脐带缠死了尚未出生的自己！这可真是极具颠覆意义、叹为观止的一幕啊。

之后，一切都平静下来了。所有人都生活得很好：母亲没有得肺癌，女朋友快乐地成长、幸福地结婚，他的朋友们各得其所、相安无事。

……

其实，影片是用这种最奇特，也最另类的方式，提醒我们要把握每一天，认真对待生活中的每一个细节。因为，每次不同的选择，都会造就我们迥异的人生。

这部电影是一个极富哲理的人生寓言，只是它采用了最具颠覆意义的表现形式。而且，影片给我们留下了无限的遐想空间——据说影片有多达四个版本的不同结局，这种开放式剧情的设置，无疑会给我们留下更多的思考空间。

当然还有另外一种可能，那就是：这样一些从假设命题出

《蝴蝶效应》（2004）

发而引发的一系列后果，都是虚构出来的。我们知道，伊凡有精神分裂的症状，因此，影片所描述的一切，也有可能仅仅来自于和发生在他的大脑，而不是来自现实。

显然，我们更希望影片所讲述的这一切都真实地发生在电影中，而不只是发生在伊凡的大脑中。否则，整部电影就蜕变成导演和我们玩的一个游戏了。毕竟，我们不希望自己像个傻子一样惊奇地看完整部影片，之后才发现这只是导演为了嘲笑我们而上演的一出恶作剧。

……

对了，观影后的很长时间，依然对片中的一个桥段念念不忘：当伊凡在一次回到往日，试图改变命运的时候，他找到了在酒馆当服务员的女友，和她结束了那场不愉快的讨论之后，女孩哭着说出了也许是这部影片最让我难忘的台词：

你为什么留下我一个人在这里腐朽？

我想，也许每个人都注定要死于心碎，然后，带着疤痕，僵尸一样地在这世上行走。

最后说一句：电影很奇妙。

12.3 重温《蝴蝶效应》：三个悲观的结论

刚刚重温了这部电影，了却了一桩心愿——好长时间了，一直想要再看一遍的。

于是，又萌发出一些想法，记录在这里。

其一，这个世界并不完美。

无论伊凡怎样挣扎，很显然，没有完美的结局。可能你会认为影片的最后终于天下太平了，可不要忘记，这是用伊凡胎死腹中换来的完美。也就是说，伊凡这个没有出生的婴儿的悲剧性命运，是这世界完美的前提。

其二，一切努力都是徒劳。

无论伊凡怎样挣扎，很显然，一切总是徒劳的。没有人会相安无事。总会有我们不希望看到的事情发生。一切似乎都尽在掌握，可到头来可以改变的，只是悲剧发生在哪里以及发生在谁身上，却永远无法避免悲剧。

其三，这不只是一部电影，在某个层面上，它暗喻了我们的人生。

我们的确有美好的设想，并用我们一生的行动去追求完美，也为此付出了相当的代价，然而事实却不会因此改变：人生注定充满缺憾。缺憾比完美更接近人生的真相。

可无论如何，内心深处无法遏制的本能冲动，以及由此产生的关于未来的美好想象，从未停歇、勇往直前，构成了人生最为深沉而厚重的基调——那是一种力量，试图超越无法超越的宿命的力量。

由此，突然想起了《塞尔玛》（2014）中的那句台词：

如果你不能飞，那就奔跑；如果不能奔跑，那就行走；如果不能行走，那就爬行；但无论你做什么，都要保持前行的方向。

也许，所谓的意义，就在这里吧。

12.4 《老无所依》：当无所依靠成为一种宿命

首先必须强调，这是一部深沉的电影。

影片叙事所采用的方式，一如从前般熟悉不过——在《冰血暴》（1996）中被我们熟知的风格，在这部影片中再次发扬光大了。不同的是，少了《冰血暴》中的"幽默"，而只剩下不折不扣的"黑色"。当惊心动魄的剧情用一种滞缓到麻木、客观得冷酷的方式来叙述时，注意，我们所面对的就不仅仅只是剧情本身了：事实上，我们更需要面对的是电影带给我们内心深处的荒芜感。

是的，坦白说，这正是电影的杀伤力之所在——它刻意营造出一种干净利落却又无尽苍凉的氛围。最后，正如我估计的（也是我害怕的）那样，这种氛围的营造索性取代了剧情的发展，当导演觉得这个氛围已经营造完美之后，影片也就随之戛然而止。

论剧情，起码结局，它并不能算是成功。但正因为如此，它成了经典。很显然，影片的重点不在于剧情的完整——当影片把它想要表达的"思想"都已经表达完毕之后，剧情就不再那么重要了，以至于我们最希望看到的两个狠角色之间的决斗、那箱美钞的归属，都被忽略掉了。

那重点在哪里呢？匪夷所思的结局暗含深邃的思想，我自大的认为，我已经窥见到了一些东西——

猎人意外收获赃款，他以为自己可以吞得下去，也为此做了大量细致和深入的努力，付出了很多代价——可事实上，正是他的自以为是要了他的命。

杀手精明强干，好多人的性命被他玩弄于股掌之间——可在他按照规则出牌的时候（遵守交通法规，红灯停、绿灯行）却遭遇车祸。

汤姆警探，作为影片中正义的惟一化身，他所能做的就只是"清场"——奔波于各色犯罪现场，却永远迟到一分钟。

这说明了什么？结合影片名称——《老无所依》，我觉得是这样的：这自然可以被理解为年老了却无所依凭，这种理解用在汤姆警探身上最为恰当了。而且，我更愿意把无所依凭中的"依凭"，理解为信仰之类的精神存在，而非物质本身。

就是说，汤姆奔波一生，曾经不用带枪的警探现在不但要带枪，而且就是带枪也解决不了什么问题。面对这样的现实，他的内心发生了变化，他开始怀疑这世界变好的可能性，甚至动摇了自己的信仰。

《老无所依》（2007）

　　一言以蔽之，一生的经历只让汤姆更加怀疑自己曾经的信仰，而不是相反。于是，老无所依，就成为一种悲剧性命运。

　　如果只为讨论汤姆警探"老无所依"的境况，我倒觉得影片已经把剧情弄得过分复杂了，完全没有必要这么做。所以，这种老无所依还有另一层意思，同时也是更为深刻的思想——它在暗示，其实影片中的每个角色，我们每个人都是老无所依的。而且这里的"老"也不单是指处于老年状态的"老"了，还表示历时的长久，是一直、总是、始终，没有依凭。

　　正因为无所依凭，毫无规则可言，更别提什么信仰，于是，当猎人看到不义之财的时候，才想冒着生命的危险而打算独吞；杀手那么狠，血雨腥风都没把他怎么样，可他却在最为稀松平常的时刻里遭遇车祸……

　　好吧，让我总结一下自己的观点：影片旨在说明，片中的每个角色都是一直没有什么可以依凭和信仰的，可能曾经有，但毫无用处。这个世界毫无规则可言，悲剧随时可能发生，永远没有人或神会告诉我们该怎样出牌——就算有，这规则也不在我们的掌握之中。因此，信仰之类的东西只会成为我们哪天幡然觉醒时的一道伤疤。时间越久，情况越是如此。

　　如果影片的主旨真是如此，那么，整个影片的基调也就容易理解了：那些刻意营造出来的氛围和戛然而止的剧情，无一不在提醒着无所依凭的人生真相。

12.5 《U形转弯》与奥利弗·斯通

　　重温《U形转弯》（1997），发现充斥在影片中的那种诡异的快感依然可以让我感到兴奋。由此，我开始怀疑自己内心是不是真的有些"阴暗"，如果不是这样，那么为什么，当我面对这样一部诡异而宿命、充满惊世骇俗意外的离奇故事时，会如此喜爱和热衷，以至于在看过它之后的很长一段时间里，依然无法摆脱打算重温它的强烈愿望呢？

重温这部电影时，我觉得自己找到了答案：电影的最大魅力，在于它设计了一个环环相扣、步步紧逼的叙事结构，之后，再让风格化的诡异镜头和同样诡异的音乐煽风点火、推波助澜。显然，这个不停带给我们新奇和刺激的故事会毫不费力地把我们留在屏幕前，惊恐地看着事态的发展，内心涌动别样的快感。

是的，这种新奇和刺激在很多时候都违背了我们内心坚守的伦理规范和价值遵循，可是，这只是一部电影啊，毕竟，这样的情节确实——吸引人。

时而狂躁时而忧郁的音乐、快速切换与闪回的镜头、诡异而阴冷的影像，展现电影主人公"一泻千里"的人生——1964年的敞篷车在一个错误地点意外抛锚，于是，在这个标识"U形转弯"的地方，主人公的人生际遇急转直下。虽然有那么几个短暂的瞬间，我们一厢情愿地以为他终于峰回路转、苦尽甘来，可到头来，始料不及的倒霉事还在后面等着他……影片展现了一段被偶然与意外操纵的人生，也让我们的观影过程变成充满未知的惊愕之旅。

奥利弗·斯通是位让人肃然起敬的导演。《野战排》（1986）《华尔街》（1987）《生于七月四日》（1989）为他赢得了世界级荣誉。《天生杀人狂》（1994）让他在不得不面对影评界的愤怒和观众的惊恐的同时，体验成功的快感——这当然是一部伟大

《U 型转弯》（1997）

的电影。还有眼前的这部另类经典《U》，还有政治恐怖片《刺
杀肯尼迪》（1991），还有记录大门乐队主唱吉姆·莫里森传奇
人生的《大门》（1991）……他一次又一次地展现自己卓越的才
华，哪怕他的才华总是指向我们永远无法预知的方向。

12.6 《楚门的世界》：一个过分疯狂的拟制世界

这是一部惊人的、疯狂的、奇特的电影。

随着影片故事情节的展开，那些疑点和悬念越发成为我们
心中的困惑：肯定不正常的，难道这是一场阴谋或是别的什么
吗？莫非整个小镇的居民都在向楚门隐瞒着什么吗？可为什么
要这样做呢？

之后，这种困惑随着剧情的发展而冰雪消融了，但随之而来的惊诧，要远比之前的困惑更让我们大跌眼镜。

是的，三十岁的楚门竟然是一个全球热播真人秀节目的主角，这个节目从楚门诞生之前就进行了精心的策划与宣传，以致于在楚门尚未出生之前，他已经成为万众瞩目的焦点了。而这个节目，请注意——这个节目自楚门降生以来，每天24小时，每周七天，从不间断的跟随着他，居然已经持续直播了整整三十年！

怎么样，有点疯狂吧？而更加令人吃惊的、也是更具颠覆性的剧情还在后面：楚门终于察觉到了事情的真相，策划了一个"逃亡计划"并把它付诸实施了。于是，为了阻止楚门的出逃，节目导演在控制室里说出了骇人听闻的"准备日出！""启动天气控制系统！"这样酷炫的话——居然连太阳和天气都是人造的！

这还不算完，到了最后，出逃的楚门乘着帆船，冒着生命危险和海上的人造风暴搏击并成功战胜它之后，他居然撞上了——画着蓝天白云的背景墙！

怎么样，是不是有点颠覆？原来楚门生活的这个小镇，包括周围的海域，太阳星辰，一切的一切，都不过是个规模空前摄影棚！

好吧，在被各种出人意料的剧情弄得我们大呼过瘾之后，理智终于占领了高地，影片也开始变得发人深省了：

全世界都在窥视着一个普通人的一举一动、一颦一笑，并以此为乐。

导演成了楚门的上帝，他可以随心所欲地让楚门遭遇幸福

《楚门的世界》（1998）

和尴尬、悲伤和喜悦——除了出逃之外，楚门的全部人生际遇都在导演和节目策划人员的精心设计和全面掌控之中。

楚门所拥有的世界，是一个由布景、道具和演员共同构成的"拟制世界"，而他自己，却毫无察觉地在这个拟制世界中度过了自认为最为真实的三十年光阴——而且，是在众目睽睽之下！

这实在太令人恐怖了……在这个摄影棚里，楚门毫无隐私的和遍布整个"小镇"的专业演员共同生活了三十年！

这是一个太过疯狂的拟制世界。也许，我们每个人都是楚门，每天面对无数张被体制熏染得专业老道的面孔，在周而复始的重复之中，经历着千篇一律的人生，满心欢喜、荡气回肠地生活在这个早已被拟制好了的世界。

惟一的不同在于：我们永远无法像楚门那样逃离自己的命运，看清生活的真相。

12.7 补遗：《罗拉快跑》《黑暗中的舞者》

《罗拉快跑》（1998）

据说这是任何一个德国青年都看过至少三遍的电影。我的感觉是，确实经典。虽然影片的灵感可能来自基耶斯洛夫斯基的《机遇之歌》（1987），但是很明显，《罗拉快跑》的制作更加商业，剧情也更加令人回味。而且，更加可贵的是，它并不掩饰自己的商业目的，为此，它动用了眼花缭乱的拍摄手法，揉进了多种风格化的镜头表现，细节处理也堪称完美。于是，七十分钟的影片，大团圆的结局，干净利落地把三个相互独立而又紧密相关的故事完美呈现。

那种无限可能终于落定的感觉，真的很美妙。

《黑暗中的舞者》（2000）

影片中的那个女子命运悲凄，只能用歌唱和跳舞，让阴郁的时光重获新生。她努力、她抗争、她挣扎，可命运实在强大——失明之后，现实生活中的惟一慰藉也要弃她而去了。为了不让儿子遭遇和她同样的命运，在明知自己会被判处绞刑的情况下，她毅然决然地杀死了比尔。

其实，生命的舞蹈一直在继续，只是换了方式。

《黑暗中的舞者》（2000）

别让你的颓废难以启齿：腐朽的
温暖，也是温暖

很遗憾，那些可以称之为深沉的和透彻的情绪体验，往往都不是正向的。当我们遭遇某种不幸变故或者意外挫折，其实最难做到的不是接受现实，而是摆脱绝望。甚至，有时我们的情绪会毫无缘由地跌入谷底，用颓废的精神状态，打发百无聊赖的时光。我想说的是，走出来了，振作起来了，自然是个好事情，而且一般情况下也终归会是这样——不这样，又能怎样呢？

学会接受那个平凡又普通的自己，善于和自己的负面情绪和平共处，也算一种成长吧。

13.1 《古怪因子》：那不是人生的全部，却足够颓唐

青春期的躁动与荒唐，更年期的无奈与疯狂，再加上大麻、音乐和性爱，于是，就有了这样一部电影：当青春期在 1994 年的夏天遇到了更年期，《古怪因子》（2008）就横空出世了。

整部影片的基调一直都是颓唐的。即将迎来高中毕业的卢

《古怪因子》（2008）

克从单纯的性幻想，到那些浪漫而刺激的约会，再到后来的毕业和无疾而终。青春期的懵懂被电影夸张到了一个令人沉迷的地步，那些简单的故事和动人的瞬间，也因此失去了全部的美好。略带惆怅的夏天终将成为一场刻骨铭心的记忆，只是，没有人会因此在乎、因此珍惜。

比较而言，医生的生存状态就更加沦落到颓废的边缘了。那些稀奇古怪的想法和行为方式，是岁月流转沉淀下来的些许无奈，还是不愿被这该死的平淡生活格式化的最后一次挣扎？爱情早已不再，婚姻成为一个沉重的负担，却又没有勇气和能力放手。好在，最后姗姗来迟的一点希望，以及故作潇洒的表情，让生活得以继续——爱情可以拯救这颓败的生活，哪怕是莫名其妙的、幼稚可笑的爱情。

好像，影片在不断暗示我们，是这特定的年代、这该死的城市、这病态的社会让他们变成这样。然而，我觉得他们的行为，也为这该死城市之该死、这病态社会之病态，起到推波助澜的作用。没有人是无辜的，大家都被裹挟其中，无法自拔。那种力量，该比大麻更为残酷。

好在，那不是人生的全部。终归，在影片的最后，给我们留下一条若隐若现的出路——少年成长了，医生释怀了。我只希望，如果还有以后，那些际遇变故，不再一如影片所展示的这般颓唐。

13.2 《梦之安魂曲》：有种绝望叫做梦想

终于看到了这部电影。描写四个被药物和毒品控制的无法

《梦之安魂曲》（2000）

自拔的人，他们的经历，他们的遭遇。

必须承认，这是一部令人窒息的电影。片中的四个人都曾经梦想做自己命运的主人，都曾为了自己的梦想而进行过努力。可事实是，这种努力只是徒劳，甚至，正是这种努力把他们推向了万劫不复的深渊。

母亲，绝对是此片的核心人物。母亲的戏份最重，而艾伦·伯斯顿的表演也最让人震撼——把一个失去丈夫，拥有一个吸毒的儿子，终日靠电视和食物来打发时光的老妇人的形象展现得入木三分。

为了能以年轻漂亮的形象穿上一袭红裙参加电视节目，母亲选择了药物减肥并最终对药物产生了深沉的依赖。而那段母亲与儿子的对话，道出了母亲的愿望——母亲很寂寞，因为有了上电视做节目的机会（或者幻想），才使她有了生活的希望和勇气。她要在电视上展现自己的甜美笑容，她要让电视观众知道她多么爱自己的儿子……只是她没有想到，她的这个愿望很可能从一开始就是荒谬的。从此，母亲的生活变成了一场噩梦，而她自己正是这场噩梦的制造者。

儿子哈瑞，也曾经试图改变这一切的，甚至他还赚到了一些钱。然而由于他始终没有摆脱毒品对他的困扰，所以只能是让他在吸毒的道路上越走越远。当他得知母亲开始进行药物减肥，进而对药物产生依赖之后，他痛苦不堪——他当然知道这意味着什么。可是他没有办法帮助母亲。他只能通过吸毒来逃避这个残酷的现实，最终，也因此而不得不面对被截肢的这一更加残酷的现实。

哈瑞的女友玛丽安，一个在时装设计方面很有天分的女孩，由于吸毒而毁掉了自己的人生。她和哈瑞的爱情曾经为他们带来巨大的快乐，他们甚至打算赚钱开一家时装店的。可这个梦想被吸毒的这个基本事实轻而易举地击碎了。最终，他们的爱情被毒品践踏得不值一文，她不得不一次又一次、通过变本加厉地对于自己身体的出卖，来换回精神上的短暂麻醉。那一小包、一小包的诱人的毒品让她失去了一切，却又成为她生活的惟一目的。

儿子的好友泰伦，情况也不容乐观。在影片的结尾处，他一个人孤零零地蜷缩在牢房的床上，同时忍受着毒瘾发作的痛苦……

这部电影的制作非常精致，却太过压抑、令人绝望。完美的剪接、快放和闪回、音乐的叠加与消减，以及在四个人不同经历之间游刃有余的切换……一切都做得格外精彩，堪称完美的。然而，也正是这些技巧才把这种压抑的剧情和绝望的氛围放大到无以复加，让人难以承受。

生命还存在着，却时刻散发着死亡的味道；梦想一直还在，只是它比任何东西都来得更加令人绝望。

电影太沉重，也太残酷。它不打算给我们留下一丝回旋余地。它故意把我们残忍地丢在屏幕前面，静静体会无以复加的绝望。我知道这种观影体验一定不会让人怀念，更不会让人快乐，但我还是为自己能拥有这样一部电影、拥有这样一种观影经历而心存感激。

梭罗说过，我们多数人都生活在平静的绝望中。

其实影片所展示的，只是加强版的我们。

13.3 补遗：《被嫌弃的松子的一生》《潜水钟与蝴蝶》

《被嫌弃的松子的一生》（2006）

爱得绝对、恨得刻骨，无论悲喜，都要奋不顾身的全情投

《被嫌弃的松子的一生》（2006）

《潜水钟与蝴蝶》（2007）

入。然而，那些让她生命如此浓烈绽放的，也让生命如此透彻的疼痛。于是，松子终于不再挣扎，选择了自我放逐与沉沦。然后，命运和她开了最后一个玩笑，在她鼓起勇气打算重新来过的时候，杀死了她。

好在，死亡会让松子痊愈。

《潜水钟与蝴蝶》（2007）

就算此时的生命像潜水钟一样沉重，也不要忘记要像蝴蝶那样轻盈展翅、放飞心灵。

别逼弱者拿起武器

詹姆斯·斯科特在专著《弱者的武器》中讨论了马来西亚农民反抗的日常形式。我想说的是，一旦弱者放弃了日常形式的反抗而拿起了武器，那就一定会是个人与体制的双重悲剧了。于个人而言，这种反抗就算拥有壮丽的时刻，可结局注定会是悲剧性的；于体制而言，当它已经堕落到可以逼迫弱者拿起武器走上绝路了，我们还凭什么对它抱有信心？

事实上，弱者越疯狂，就越让我们对体制感到绝望。

14.1 《女魔头》：悲剧的根源在于弱势

—1—

影片《女魔头》（2003）展现了女主人公艾伦怎样步步走向犯罪深渊、终因枪杀六名男子而被判死刑的人生历程。20世纪90年代初期，美国曾经发生过一起轰动一时的公路妓女谋杀案。1989年12月到1990年9月，案犯艾伦·沃诺斯在佛罗里达中部和北部先后杀害六名男子，其中还包括一名警察。被捕后，她对自己的杀人罪行供认不讳，但迫于国内（主要来自于女权主义群体）的压力，该案件在经过长达十二年的审理后，才最终判处艾伦死刑。

影片《女魔头》正是取材于这一案件。该片由初出茅庐的派蒂·杰金斯执导，查莉兹·塞隆（饰演艾伦）凭借在此片中的出色表演获得 2004 年奥斯卡最佳女主角

《女魔头》（2003）

奖。这部影片看点很多，在这里我只想试图说明，作为社会弱势群体的成员，影片中的女主人公艾伦（无论她本人是否意识到）始终面临着一个无法消解的矛盾，即：想要进入主流社会、成为一个"靠本事吃饭的正常人"的美好愿望，与这一愿望被主流社会所排斥的残酷现实之间的矛盾。

正是由于这一矛盾的存在和激化，才导致艾伦最终选择了暴力犯罪，成为制造多起谋杀案的"女魔头"。

—2—

影片是从导演精心安排的独白开始的。童年时代的艾伦和其他孩子一样有自己的梦想：

我一直很想演电影，小时候我确信总有一天，自己会成为一个大大的明星，……真的，我有很多梦想。"

然而，冰冷的现实从一开始就把小艾伦试图通过"成为一个大大的明星"来进入主流社会的梦想击打粉碎：通过观影我们得知，艾伦童年悲惨，除了被殴打、辱骂和永无休止的虐待，家庭几乎没给过她什么。为了谋生，早在十三岁时艾伦就开始出卖自己的身体。后来，她离开家乡来到佛罗里达，成为一名公路妓女——艾伦作为弱势群体的社会身份也从此被确定下来，而且我们不无遗憾地看到，这种身份标识一直被艾伦带到坟墓。

在佛罗里达，艾伦的生活没有丝毫起色，事实上，她几乎丧失了生存的勇气和信念。于是在一个风雨交加的夜晚，艾伦想要用身上仅有的五美元喝杯啤酒就去自杀。然而就在那个昏暗嘈杂的女同性恋酒吧里，她遇见了希尔比——对于艾伦来说，这又是一个噩梦的开始。希尔比对她的关心和尊重是她生命中最为缺乏的东西，这对艾伦来说太珍贵了，以至于性取向一直正常的艾伦很快和希尔比发展成为一对同性恋人。艾伦终于得到了渴望已久的爱情，然而由于这种爱情从一开始就是"非主流"的，因此她也成为艾伦进入主流社会的又一障碍。

这时，一个偶然的、却又直接改变艾伦人生的重大事件发生了：在一次性交易中，艾伦遭到了嫖客的疯狂施暴。为了自卫，她枪杀了这个男人，并索性抢走了他的钱和汽车。她用抢来的钱和希尔比住进体面的旅馆，开始一段安稳甜蜜的生活。进而，在这段感情生活的鼓舞和感召下，艾伦决定实现她进入主流社会的梦想——她要成为"靠本事吃饭的正常人"，"我想去找个正式职业，我想做兽医"。

然而，就像我们能够预料到的那样，由于受教育程度的低下和工作技能的匮乏，她的求职活动不断受挫。影片着力表现了艾伦在求职过程中所遭受的凌辱和伤害。我们看到，无论作为弱势群体成员的艾伦想要进入主流社会的愿望多么迫切、多么令人感动，但这都无法改变她被主流社会所排斥的残酷现实。

于是，在残酷的现实面前，艾伦不得不放弃了进入主流社会的愿望。为了满足希尔比不断膨胀的物质欲望，维持自己的感情生活，艾伦决定铤而走险——她再次拿起了枪。她枪杀第一名被害者是出于自卫而被迫杀人，现在，她开始为了获得金钱和宣泄愤怒而去主动杀人了。是的，她的确拥有无数个愤怒的理由，其中最重要的一个是：这个社会从没赋予过她表达自身愿望、维护自身利益的权利，也从来没有为她提供哪怕一次改变自身弱势地位的机会。

—3—

终于，在疯狂杀害六个男子之后，艾伦锒铛入狱了。可她还要面对希尔比的背叛。我们发现，艾伦一直是被主流社会排斥的，现在，她甚至被同样生活在社会边缘的希尔比抛弃了。这个自私的女子先是忙着划清自己与艾伦的界限，努力逃脱干系，之后又在法庭上指证艾伦。

于是，艾伦彻底绝望了——她所做的一切在很大程度上都是为了希尔比，而这个女子却在艾伦最需要她的时候出卖了自己。我们知道，社会个体在维护自身权利方面的能力是非常有限的，对于艾伦来说更是如此；而政府却是一个拥有强大力量的权力中心。

因此，被主流社会所排斥和摒弃几乎成了艾伦一生命运的真实写照，她本人在这一事实面前也挣扎过、抗争过，甚至还

报复过这个社会，可她的种种作为和强大的社会体制相比，没有丝毫力量。正因为如此，在被判死刑之后，艾伦发出了"你们这些人，见鬼去吧！你们怎么可以让一个无辜的女人受死，你们这些人渣"这句足以令所有人汗颜的控诉。

我们可以清晰地看到，影片中的女主人公艾伦一直以来不得不面对一个无法消解的矛盾。她想要进入主流社会，渴望过正常人的生活：找到一个正式职业（比如成为电影明星或者兽医），可以像常人一样恋爱、结婚、生子。然而，无可选择的原生家庭环境使她在刚出生时就和这一切失之交臂了。后来，她试图通过自己的努力来争取这一切——从理论上讲这绝对是可行的，因为这首先是任何社会个体的基本权利，社会本应为每位公民的正常生活方式选择提供尽量多元的可能性和完善的制度保障。

然而，我们很难在现行美国民主政治体制中找到真正为弱势群体代言的国会议员和政府官员，真正为弱势群体的利益和愿望呼号奔走、并且也拥有足够的力量去影响公共政策制定的人或利益集团则更是少之又少。由此，弱势群体的利益诉求能否被真实充分的表达，表达之后能否被决策机关、社会组织积极有效的回应，都是可想而知的。正是由于这样一种现实，艾伦所面临的矛盾就无法消解，最终，她只好采用一种体制外的、非法的、极端的，也是代价最高的方式来表达自己的愿望、实现自己的利益。

从某种意义上，艾伦其实是美国弱势群体被忽视（现象）、权利被剥夺（本质）这一真相的牺牲品。

——4——

其实影片始终都在引导我们去思考这样一个问题：究竟是什么原因导致一个有着美好梦想的女孩成长为一个十恶不赦的连环杀人犯？影片《女魔头》把大量时间和精力用在对艾伦想要进入主流社会的愿望和这些愿望最终破灭的描述上，以及对于艾伦内心世界的愤怒和无助、抗争和绝望的展示上。

由此，影片女主人公艾伦的悲剧与其说是个人命运多舛，不如将其理解为以艾伦为代表的弱势群体基本生存发展权利的被剥夺。

我们认为，贯穿影片始终的矛盾冲突产生的根源，就在于此。①

14.2 《末路狂花》：让我们用生命捍卫尊严

两个看似普通的女人——塞尔玛，是已婚的家庭主妇，过着平淡无奇、百无聊赖的日子，还得和一个脾气暴躁、大男子主义的丈夫朝夕相伴；露易丝，是酒吧里的服务员，她找到了一位比自己还要普通的男朋友，两个人正在不尴不尬地约会。这样的生活自然会令人生厌、味同嚼蜡。于是，露易丝提议两个人搭伴去一个离家不远的地方共度周末，稍稍放纵一下，享受一下生活。说起来这本是人之常情，可这个周末却变成了一场噩梦，而且，她们很快就要被这突如其来的噩梦淹没了……

我们发现，是她们在这个周末以及后来所遭遇的那些人，

①　本文发表于《电影文学》2008年第1期，原文题目为《从〈女魔头〉看弱势群体的政治参与困境——关于一个电影文本的政治学解读》，有删改。

《末路狂花》（1991）

把她们步步逼上了绝路：开始时是被逼无奈，不得已而为之；后来索性开始报复这个该死的男权主义社会。

最初，是在那个周末的酒吧，一个与塞尔玛搭讪的男子，居然在两人逢场作戏的共舞之后想要和她发生关系，被拒绝后竟然打算强奸她。露易丝本来是想用枪吓跑男子救下自己的闺蜜，可这个男子太狂妄了，他用恶毒的语言侮辱塞尔玛。于是，露易丝激于义愤，一枪打死了这该死的人渣。其实露易丝的行为是在情理之中的，算是防卫过当或者过失杀人，但这场意外终究还是吓坏了她们，她们担心会被定罪入狱，仓皇之中、情急之下，走上了逃亡之旅。

其实，哪怕是在逃亡途中，她们也还是有着回头是岸的机会的，但是一次一次，她们都被逼到了更加危险的境地。她们计划逃往墨西哥，露易丝的男友还给她们送来了钱，可这钱却被一个谎称是大学生的在逃犯偷去了：这名男子不但成功地博得了塞尔玛的好感，得到了她的身体，还偷走了她们逃亡所必需的钱。这显然是一个重大的打击，她们（特别是塞尔玛）对这个绚烂的世界丧失了最后一点信心。

于是，塞尔玛竟然效仿这个伤害她的在逃犯铤而走险，去超市打劫；她们也曾经打算自首的——说起来，就算这个时候回头，事情也不见得会更糟。然而那个冷酷的警员根本不相信她们开枪打死那个人渣是出于自卫。

警员的偏见成为她们的致命伤，让她们不再对自首脱罪抱有希望，开始自暴自弃，索性展开了一系列报复社会的疯狂行径：她们甚至抢了一个巡警的手枪并把他塞进警车的后备厢；一个开着油罐车的司机用下流的语言和手势骚扰她们，很快就为此付出了代价——她们朝油罐开枪，炸毁了油罐车……

还要再说明一下塞尔玛的丈夫。这个自私狭隘的男人的拙劣行为也导致塞尔玛失去了回头的可能性。他在得知塞尔玛背着自己出游并酿成大祸之后，非但没有给予她任何理解和支持，反而在电话里大声训斥她，而他命令她快点回来的惟一理由，也只是自己无法应对细琐繁杂的家务。而那个在影片之中惟一可以拯救她们的人——那个相信她们清白的检察官，却又一再同她们错过……

于是，她们成了牺牲品。在整部电影中，在看似偶然、实则必然的剧情发展中，两位女性内心深处压抑的愤怒和潜藏的叛逆被如此极端地激发了出来。她们放纵却又焦虑、快乐却又绝望。在阴暗人性和男权主义的双重挟持与重压之下，她们终于开车飞身坠入万丈深渊之中。她们选择用生命来反抗男权主义，用生命来捍卫尊严。

虽然时至今日，这部电影还是存在争议，可我宁愿相信它是一部经典。如果非要说导演对女权主义进行了不恰当的讴歌和赞美的话，其实我倒觉得这总比把女人作为点缀和装饰的"主流电影"要更加理智——起码，它把女性作为"主体"来看待，而非当作"对象"。

从类型上看，该片可以算作是一部公路电影，它带领我们走过了大半个美国，也让我们开始对这个自诩文明、标榜进步的自由世界，失去了曾经的幻想。

15

治愈：如何拯救我们伤痕累累的内心

周冲，这个在自媒体时代用文字呼风唤雨的作家曾说过：
"几乎所有人，都是一道行走的伤疤，带着五花八门的痛苦，
孤独地生存于世。"于是，拯救伤痕累累的内心，寻求治愈，
也就成为我们"几乎所有人"的毕生功课。说到底，所谓治
愈，也就是悦纳自我、接受命运，学会与那些刻骨铭心的遗
憾与过失、与这荒谬的世界和生活在这荒谬世界中的每个人
和解。

让我们治愈自己，彼此治愈。也许世界依然荒谬，可毕
竟有了温度。

15.1 查理的世界：荒芜、悲怆与治愈——看《从心开始》

很久没有看到这样温馨、细腻并且感人的影片了，可能，
更多的原因在于很长时间以来，自己缺乏欣赏这类影片的良好
心境吧，这导致我错过了太多精彩。这段时间，自己的心态好
些了，于是，好多感动也接踵而至。

电影的主线是两个男人之间的友情。阿兰和查理，是大学

《从心开始》（2007）

时代的室友。本来，两个人之间有一段非常真挚而美好的友谊的，可是毕业之后，特别是当查理经历了足以颠覆自己生活全部勇气和信念的巨大变故之后，两个人终于失去了联络。

查理在一夜之间失去了自己的家人——他的妻子和他们的三个孩子。他成了"9·11事件"殃及的众多失去亲人并为此痛苦的人之一。曾经开朗、乐观，精力充沛的他变得孤僻进而自闭，直至变成一个有着强迫官能症的精神病患者。

直至有一天，他在街头偶遇到了阿兰。其实，阿兰在得知查理的遭遇之后就一直在寻找他——深厚的友情和对室友遭遇的深切同情，促使阿兰一直在寻找着这个不幸的男人。

当然，上面陈述的这一切都是在剧情逐渐展开之后才被我了解到的。在此之前，我对查理怪异的思维和行为方式感到费解，甚至愤怒。是的，没有人必须要去帮助你，无论如何，你的怪异是你的事情，和别人无关。比如，当阿兰无意间提及一个与生活状态有关的话题时，查理突然变得暴戾，直接就把手头的饮料泼到阿兰的脸上……

显然，如果你真的想要理解一个人，他的所思所想和所作所为，就要把他放置在他特定的人生场景和独特经历里面去，只有那样，才有可能真正产生理解。果然，当查理的那些人生遭遇随着剧情的发展逐渐浮出水面时，他所有的怪异终于变得合乎情理了。

看来阿兰的坚持并没有白费，查理终于开始试图拯救自己了。

于是，影片中足以震撼心灵的那一幕终于到来了：查理坐在沙发上，面对自己惟一的朋友阿兰，开始倾诉——与其说是倾诉，不如说是自顾自地嘀咕。当然，对于一个深陷痛苦而又无法自拔的人来说，他已经做得足够好了。由此，查理那荒芜而又悲怆的世界，一点点展现在我们眼前。而在这之前他带给我们的所有费解甚至愤怒，全部消融了。同时，我们内心也充满了悲悯，希望他早日走出伤痛、重新振作起来，积极面对以后的人生。

不过，似乎命运又和查理开了一个巨大的玩笑。那些深沉而透彻的痛苦把他推向了另外一个方向——他想要结束自己的生命，找到了手枪，却发现没有子弹，于是居然希望自己可以死在警察的枪下……

最令人难忘的，是查理在法院休庭时和岳父母说话时的桥段。他压抑着，又忍不住想要去说明。他焦虑不安地在两者之间进行着艰难的选择。终于，他开始说话了：

面对不幸，你们起码还拥有彼此，……可我拥有什么？我只好支离破碎着！……是的，我不想看他们的照片，可是，难道我会忘记他们的容颜吗？……他们就在每天和我擦肩而过的人群里！！我能够看到他们，我一直看着他们！！！……我甚至记得那只卷毛狗，当我遇到牧羊犬的时候，我看到的是那只卷毛狗！！……

不知为什么，这个桥段让我难过得几乎要死去。我在想，如果真有类似的不幸发生在我身上，影片中的查理一定就会是现实中的我，无论如何，我不可能比查理做得更好了。

……

值得一提的是，在帮助查理走出阴霾的同时，阿兰也从查理那里得到了重要的启发，他开始用一种更加强硬的方式面对困扰他事业的问题，也开始尝试与自己的爱人在更深刻和宽广的领域展开沟通。

最后我想说：让一切从心开始。我们将会发现，一切将因此变得简单，并且效果最好。我情不自禁地联想到了查理的那辆电动踏板车，也许，那是一个可以带领心灵四处游走的美妙工具吧？

从心开始，淡忘悲伤，让灵魂自由。

15.2 《野兽良民》：被偏见挟持者的愤怒、迷惘与悔恨

在课堂上曾经给学生讲过俄罗斯光头党的例证来说明"民

族极端主义势力"这个概念。看过这部电影你会发现，原来在美国，这种势力也如此嚣张。

试图驱逐其他一切种族，建立单一种族国家的梦想从一开始就是一场过分虚无的追求，虽然时至今日依然有人把它作为一种信仰并且不断付诸实践。电影中的这些孩子，在别有用心的诱导和灌输之下，逐渐丧失了独立做出判断的能力，终日被狂躁的愤怒和偏执的观念引领，成为激进的种族主义者，让自己的青春为此蒙羞。

影片当然很出色。爱德华·诺顿为我们展现了一个品学兼优的青年是怎样逐渐滑向种族主义的深渊，在残杀两名黑人盗车贼、锒铛入狱之后，又怎样幡然悔悟、改过自新，挽救同样滑向种族主义深渊的弟弟的过程，唱响了一曲残酷青春的挽歌——虽然他的转变和努力无法改变业已发生的悲剧，却足够

《野兽良民》（1998）

教化意味。

种族偏见是美国社会的一大顽疾。民族极端主义势力的不断发展壮大无疑把这一顽疾放大，以一种触目惊心的方式示人。而它的始作俑者，恰恰是这个国家根深蒂固的"文化传统"。现在，他们正在为自己的传统付出代价。

弟弟用一个夜晚拯救了自己失血的心灵，看清了民族极端主义的本来面目，撕去了贴满墙壁的纳粹宣传图片，并出色地完成了校长交给他的作业。可是，他没有办法拯救自己的生命——在一个平常不过的早晨，在学校教学楼的男厕所，他被一个同样愤怒而偏执的黑人学生一枪毙命。

这是一部发人深省、意味深长的电影。也许"世界大同"的美好愿望和建立单一种族国家的迷梦同样不切实际，然而，正是由于后者的存在，前者才更加值得我们为之奋斗。

15.3 《中央车站》：逆向教育，很温暖，但并不快乐

一个老妇人、一个孩子、一个贫穷的国家，和一个宗教风行的年代。我们不能期望这些素材可以打造出一部多么气派的电影。

可是很明显，《中央车站》（1998）却做到了这一点：这是一部典型的

《中央车站》（1998）

文艺片，细腻、舒缓、情节简单，但却又足够温暖。

这个以撒谎为生的老妇人，我们恐怕无法苛求她改变：是这个世界把她变成这个样子的，她必须生存。可是，一个陌生的孩子来到她的身边，以自己独有的清纯和真挚，激发出老妇人心底深处蛰伏已久的善心。于是，她带领孩子开始了寻亲之旅。

从老妇人的转变，我们可以明显感受到一点，那就是：教育必须融入真情。环境和技巧充其量只是一种装饰，没有真情的投入，教育就会变成不折不扣的挟持。是的，真情最重要，只要拥有了这一点，甚至一个孩子也能成为最好的施教者，哪怕他并不知道自己在充当施教者的角色。

成人世界的冷漠与虚伪，有时真的需要辅之以这样一种来自孩童世界的逆向教育，好让我们在内心深处保留一丝真诚与善意的温暖，不至于过分功利、过分浮躁。如果所谓的成长就只是为了更好地尔虞我诈、追名逐利，我们凭什么认定自己正在真实地活着？

15.4 《大上海》：当美好成为过往，我们需要它在

我相信很多和我一样的同龄人是出于对昨日热播电视剧《上海滩》以及许文强的怀念而走进电影院的。于是，这部电影本身的好与坏，已经无关痛痒——它为我们回忆往事提供了一个凭借，这已足够。

同时我也相信，自从周润发、吕良伟、赵雅芝版的《上海滩》热映之后，这个题材的影视剧就已经注定无法被超越

《大上海》（2012）

了——它可以不断被复制、被炒作和被抄袭，却永远无法被超越。眼前的这部《大上海》（2012）也大抵如此，哪怕刘伟强出任监制，哪怕王晶来导演，哪怕巨星云集……

这是宿命。

多少年过去了？一转眼，那个帅气得令人炫目的许文强也只好在回忆中追寻了，岁月改变了一切，也尘封了一切。当美好成为过往，当梦想变成欲望，当我们逐渐沦为自己年少时最痛恨的那种人，这个时候，我们需要这部电影。

是的，我们还是会被感动的，哪怕影片在展现那些让人感动的瞬间时，做得十分矫情。一切只是因为，我们太需要被感动了。我们的人生就是如此荒谬——我们经常会被极尽刻意的虚假形态所感动，就像被眼前这部华丽的《大上海》所感动，而且这种感动还情真意切。可一旦我们走出电影院，回到真切的现实, 我们立刻又变得虚伪起来。

我一直认为吴镇宇的"坏"是种禀赋。能把坏人演到这种登峰造极、出神入化的程度, 很是需要一些天才的。我期待自己可以成为这样的人——坏得如此透彻、如此不可救药。我想成为这样的天才演员, 在这个被名利异化的现实世界里, 极尽绚丽的演出。

虽然我很清楚, 这也只能是说说而已。

15.5 《人生遥控器》: 一个让我们看清真相的人生寓言

开始时是一部中规中矩的剧情片的样子。之后, 随着那个可以随意改变时间进程和人生命运的神奇遥控器的出现, 喜剧元素徒然增加, 并很快成为整部影片的基调。于是我们开始爆笑, 前仰后合地认为自己碰到了一部不错的爆米花电影。

然而, 正当我们期待更多的笑料来延续我们的快乐、吃下更多爆米花的同时, 感动却突如其来, 在我们还没有来得及收敛笑容的时候, 它就让我们泪流满面了。于是我们开始思考生活本身, 反思自己的所作所为——那些占用我们大量时间、消耗我们宝贵精力的行为, 将在那个瞬间里被我们唾弃。然而说来讽刺, 我们很快就回到了自己原来的生活轨道, 重复以前的生活。虽然通过电影, 我们大概知道了自己生活的真相。

《人生遥控器》(2006) 是一个人生寓言, 它用戏谑的方式告诉我们该珍惜什么、舍弃什么。虽然我悲观地认为, 我们只会被它感动, 可不到无可挽回, 我们是永远也不会听它的。

《人生遥控器》（2006）

15.6 《拜访者Q》：用整部电影去颠覆，用一首歌去治愈

好吧，这是一部备受争议的影片，说它颠覆了一切被人类所公认的道德规范和价值评判，似乎也并不过分。好在，在经历各种触目惊心之后，在影片的最后，在那些匪夷所思的"和谐景象"映入眼帘时，片尾曲《水のあぶく》也随之响起。

于是，震撼。

查看过翻译过来的歌词，更是觉得荡气回肠。那种莫可名状的无奈与沧桑，以及宿命感十足的失落与困惑，无以言表。以下是歌词：

《水泡》

作词：葛西亚美
作曲：池田龙治
演唱：葛西亚美

无边无垠的大海
一眼望不到边
浪花此起彼伏
扬起小小的泡沫
在阳光下闪闪发光
它们随风飘动，它们相撞融合

《拜访者Q》（2001）

最终随风流逝

它们出现、消失……

直至融入海洋

不知为什么

不知为什么

就像我们一样

我会想所有的事

当你赤裸裸地看海

我会想所有的事

当你抬头仰望天空

我们应该保持距离，沉默不语

就这样静静地等待

就这样……

电影的海报也许"狠"了点，可看过电影之后，你就知道这海报有多含蓄了。郑重告诫：心理承受能力不强、对这个世界持任何美好观点（哪怕一点点）的人，别看这部电影。当然，片尾曲还是极具治愈功效的，接受，也许是最好的生存方式。

当然我也知道，我的这种告诫一定无法阻止你探索未知世界，好奇心会一直怂恿我们走向未知，哪怕这也注定了我们被"污名化"了的平庸。

婚姻之谶：给你的，不是你所期待；你所期待的，不会给你

婚姻试图给人以情感的归宿，可人的情感究其本性，却不需要这样的归宿。婚姻试图调和理智与情感、永恒与善变、梦想与现实之间的矛盾，却又把这些矛盾推向极致。我们在婚姻这个自制的牢笼中短暂地满足了自己天使一样的善良意志，可情感这个妖孽却早晚都会把这种满足变成遥远的过去时态。其实，婚姻只忠实于过去的情感，它是一段情感经历的结果，却不一定会忠实于现在，更无法奢谈未来。它只对过去负责，却无法拯救我们颠沛流离的未来。

亲密关系的魅力在于，只要爱着就是对的；而婚姻关系的悖论在于，怎么选都是错的。

16.1 《白色》：大师笔下的"屌丝逆袭"，趣味与反思

在基耶斯洛夫斯基的红、白、蓝三部曲中，自认为《白色》（1994）是其中故事性最强、最富于戏剧冲突的一部。抛开象征三色国旗的深刻寓意和宏大关怀，单就剧情本身进行描述，再

顺便谈谈自己的想法。

我们的主人公——理发师卡洛，在电影的前半段可谓吃尽了苦头。也正因为如此，才使得主人公在后半段的逆袭与雄起变得如此炫目，两者之间构成强烈的对比，这种巨大的反差足以激发出我们全部的观影兴趣。是的，的确如此，这部电影会牢牢地吸引住每位观众的心，这种能力丝毫不比好莱坞商业大片来得逊色。

性功能障碍，并最终导致婚姻破裂；银行卡被冻结，生活举步维艰；不懂外语，却又不得不滞留国外；没有护照也没有可以安睡的地方，只得在地铁卖艺乞讨——无论如何，这该是我们能想象到的一个人最悲惨的境遇了。

后来，万般无奈之下，他只好钻进自己仅有的财产：一只

《白色》（1994）

大皮箱，作为一件行李被邮寄回国。甚至在回国之后，主人公的噩梦还在延续：这只大皮箱居然遭到打劫，他被劫匪打得头破血流……

可只有这样，他回国之后的命运转机，以及后来的逆袭与雄起才显得如此惊人、如此壮观。

现在，他开始设计一场精致的阴谋用以报复自己的前妻。在这个过程之中，我们不知不觉地成为他的同伙和帮凶：很明显，我们希望看到那个冷酷的女人为自己的冷酷付出代价。我们内心的道德信念在教唆我们，通过对她进行某种报复，来满足我们的谴责欲望。当然，我们也不是完全没有顾虑——毕竟，主人公所采用的方式看起来有点玄虚，让我们不禁为他捏着一把汗。

终于，主人公达到了自己的愿望：他不但让自己的前妻回心转意，把这个女子的芳心牢牢掌握在自己手中，而且也让这个薄情的女子为自己的行为付出了代价。

还想说明的是，影片中有几个桥段，也是独具匠心、耐人寻味：比如，穷困潦倒的主人公在万般无奈之下打电话给自己的前妻寻求帮助，可电话另一端传来的竟是妻子享受鱼水之欢的声音！这种打击绝对残酷，看来导演真是要把主人公置之死地而后生啊，哎。

再比如，那个答应把主人公"邮寄"回国的米高拉，要帮主人公找一个赚钱的工作——杀死一个想要死去、却缺乏自杀勇气的人。主人公太需要钱了，于是接受了这个"工作"，可最后我们发现，打算死去的人竟然就是米高拉本人！当然，主人公并没有真的杀死他，而是帮他重树了活下去的信念，后来还

帮助他发了大财。

总体而言，这部影片在剧情上还真是做到了跌宕起伏、险象环生，这样的文艺片还真是难得一见呢。

这部电影值得反复玩味，认真思考。就目前而言，我能写出来的就只是这样一些肤浅的文字。

16.2 《芳香之旅》：足以燃起我们对于中国电影之希望的力作

纯粹本着娱乐的心态从影碟店租来这部电影的 DVD，范伟主演的片子嘛。可看过之后才发现，刚才欣赏的这部影片，足以燃起我对中国电影的某种希望。

现实主义，时间跨度四十年左右——从 20 世纪 60 年代一口气演到跨世纪以来的几年。剧情围绕女主人公的命运展开，感情生活是主线，但又不完全是线性叙事。整个电影的架构可能并不完美，但其内涵却足以震撼心灵。

作为 20 世纪 60 年代社会主义建设时期优秀人物的化身，范伟扮演的劳动模范老崔的阳痿具有明显的象征意义；而女主人公追求爱情的"过激行为"明显与当时的时代环境相背离，并因此遭到体制排挤打压。于是，老崔排除万难，通过与她成亲的方式救了她——可她的人生悲剧，也就在这个时候开始了。

请注意，张静初饰演的女主人公李春芬的个人悲剧带有必然性：委身于老崔是她在那个特定时代、特定境遇之下所能做出的惟一明智选择。

失去性的婚姻是不幸的，可真正的不幸却还没有真正到来。

《芳香之旅》（2006）

当老崔遭遇车祸变成植物人之后，女主人公的生命其实就已经伴随她和老崔情感生活的终止而结束了。于是，她把所有的时间和精力都投放在工作之中：终于，她也成了光荣的劳模。

可是时间在流转，社会在变迁。曾经光荣而令人仰慕的社会中坚力量逐渐被推向社会的边缘。困顿的生活、不合时宜的观念和行为、偶尔泛起的美妙回忆，成为她生活的全部。当她奋力把那辆被报废的"劳模公交车"开进这繁华而躁动的大都市的时候，当这种喧嚣和浮躁把她和她所珍视的一切淹没的时候，人潮涌动之中，那些曾经的信仰和坚守，该用怎样的方式怀念？

毫无疑问，这是发生在我们时代的悲剧。最后，女主人公坐在车厢里，内心充满对那个早已消逝的时代的无限怀念与温情，面带微笑，向着曾经令她刻骨铭心的地方驶去。这是一种回归，还是真正意义上的决裂？我们不得而知。美轮美奂的影像再次映入眼帘，可这一次，她只能带给我们飞蛾扑火般的悲壮和怜悯了。

值得注意的是，影片在描绘 20 世纪六七十年代的时候，采用的是唯美方式；而在描绘 20 世纪 80 年代及以后的时候，则是采用写实方式。两个不同时代之间的巨大反差被影片呈现得酣畅淋漓。这部电影真是带给我太多惊喜，让我有理由相信，中国仍然还有这样一些电影人，他们在坚持着一种信念，并且在努力实践。正是他们，才让我们对中国电影抱有理性的希望。

最后说一句，在第 30 届开罗国际电影节上，《芳香之旅》（2006）夺得电影节最高奖项——最佳影片奖，主演张静初获得最佳女主角奖，范伟获得特别表演奖。

16.3 补遗：《革命之路》

本片的导演是曾执导过《美国丽人》（1999）的萨姆·门德斯。必须承认，这类家庭伦理题材的影片，绝对是门德斯导演的强项了。影片讲述了 20 世纪 50 年代，一对生活在美国康涅狄格州城郊"革命路"上的中产阶级夫妇的生活悲剧。他们本来过着让人羡慕嫉妒恨的生活，可在华丽的婚姻外衣之下，却是味如嚼蜡的生活的周而复始。他们都有自己的梦想，女主人公想成为演员却缺乏天赋，男主人公也有着成就一番事业的雄心壮志，却只能忍受自己只是公司里的小职员的现实。几经挣扎，一个愿望如同救命稻草一般强烈而深刻地植入他们的生活——迁居巴黎。于是，噩梦上演。

别作，别让"生活在别处"的幻想，摧毁平安稳妥的现在。

《革命之路》（2008）

青春祭坛：失去之后才会懂，懂得之后才会成长

青春的魅力在于，可以挥霍自己的时间精力，放任自己的各种追求，无论是畅快淋漓的恋爱、破釜沉舟的奋斗、刻骨铭心的失败，一切都那么本真，那么令人神情激荡。青春时代的成败得失并不重要，它只是场"发现之旅"，是了解自己、认识社会、敦促成长的过程，这个过程才最重要。青春注定会带给我们遗憾、感伤与缅怀，是留给记忆的一道美丽伤疤——因为这场"发现之旅"是以青春的逝去作为代价的，而任何成长都有代价。

成长其实是个挺残酷的词儿，不经意间就干掉了青春。

17.1《美国派》系列电影：身体狂欢背后的点滴真挚(外一篇)

可能自己真的变得越发浮躁而且猥琐了，能够坚持看完《美国派》（1999—2007）系列的 1—6 部电影，就是一个明证。

寻求刺激可以，可我为什么会如此低级趣味?

身体的狂欢被电影放大、放大再放大，以致于最后，集体裸奔都成为一个无关痛痒的场景。审美疲劳在这个系列电影的延续中表现为审"性"疲劳，终于，泛滥的性遮蔽了一切美好，成为刻意为之的一个噱头。

比较而言，我更喜欢前三部（晕，其实我都不应该喜欢的啊，好尴尬）。因为那里面除了各种与性有关的笑料之外，还有点滴青春的苦涩与向往，以及逐渐消退的真挚。是的，在那样一个时段，幻象的甜蜜与迟来的醒悟总是同样令人怀念。而且，片中的"原班人马"也很重要——到了第四部，猛然缺乏了那些熟悉的面孔，还真是有些失望和不适。哪怕影片变得更加花哨了，尺度上也越发大胆起来。

很是奇怪，那个扮演主人公父亲的演员，怎么忍心会在愈演愈烈的身体狂欢中一直坚持自己的角色。在我看来，那有些悲壮的意味，英雄末路的感觉。

好在，一切终于消隐了。

好在，在一切消隐之前，总有点滴的真挚让人怀念——前三部中男主人公的那些懵懂、真挚而单纯的爱情，以及第五部中的那对恋人近乎虔诚地守护着的对于对方身体的忠诚，都成为影片的亮点。哪怕，在那一场场变本加厉的身体狂欢之中，这些亮点显得如此微不足道。

外一篇：狂欢背后的失落，《美国派》随感

在采用诙谐幽默的方式来反映青春期的少男少女们对性的懵懂与幻想、无奈与恐惧这一题材的电影之中，《美国派》系列电影无疑是成功的。

《美国派》的高明之处在于，它把故事的背景放在了高中毕业前夕，从而为这种关于性的探索，蒙上了淡淡的忧伤。因为，一段天真烂漫的时光马上就要结束了。

终于，在毕业舞会上，四个男孩子尝试到了"性"。有的单纯是性，有

《美国派》（1999）

的因此而开始了一段浪漫温馨的爱情，有的却只有一种青涩和无奈——所有这一切，都因毕业的到来而增添了些许惆怅。

毕竟，在那一刻，我们都曾经以真实的面目示人，并真实地感受过对方，不是吗？

而同样题材的《色即是空》（2002）系列电影，论搞笑，比《美国派》牵强；论对于身体狂欢背后的主流价值观的弘扬与探讨，比照《美国派》，更是有着不小的差距。

虽然我知道，更多的人在爆笑之后会轻而易举地将《美国派》遗忘，但它所营造的对于易逝青春的感伤氛围，终于还是会留给我们一些值得记忆的东西。

17.2 《牯岭街少年杀人事件》：写实主义的惨烈青春

花上三个小时四十七分钟来观看这部舒缓得甚至有些沉闷的电影是值得的，因为，在这样一种平缓叙事下突显出来的青春躁动与困惑、无奈与抗争，愤怒和挣扎，以及最终的惨烈与疼痛……所有这一切，甚至会比几乎同样片长的《指环王3：王者归来》（2003）更容易把我们留在屏幕前面。

同时，它会让我们思考，令我们缅怀。

说起来，故事本身并不复杂，其主线就是"小四"从老实厚道又带点倔强的中学优等生，步步发展成为一起未成年杀人事件制造者的全过程。而且，导演采用了一种写实主义、线性叙事的表现手法，并且有意把故事情节的发展一再放得舒缓，

《牯岭街少年杀人事件》（1991）

从而造成了一种略显单调却又暗藏危机，平淡中庸却又极具震撼的效果。

其中有些桥段堪称经典：可能这也是为什么这部电影在收藏者那里如此有分量的原因吧——

电影开场不久，广播中播放着当年考取大学的学生名单；电影接近尾声时，又是收音机里传来的大学录取名单。一年的时间，有些事情没有变化，有些事情，却注定无法挽回了。这样一种时间上的交代让人过目难忘，令人揪心也叫人感慨。

小四的试卷被滑头抄袭，而学校却给两人同样处分。父亲去学校与训导处主任争执甚至动起手来，但也丝毫没有改变处分结论。于是，父亲推着自行车和儿子步行回家，两个人都觉得压抑甚至苦闷；后来，小四辱骂校医室的护士要被学校处分，父亲去学校求情。这次父亲再也没有曾经的愤怒与张狂，苦苦哀求学校再给一次机会，然而这次，小四用棒球棍动手打了训导处主任，之后被学校开除了。

于是，父亲推着自行车和儿子再次步行回家，只是这一次的时间，由白天改到了夜晚，两个人再也没有什么好说的，只顾低头走路。一个白天，一个黑夜；似曾相识，又恍如隔世。可能，惟一不变的是永恒的父爱，可这种爱并没有能够拯救小四。当然，父亲的悲剧还不仅限于此，他刚正不阿的性格成为他无法超越的障碍，他的生命也因此充满了意外的悲情和愤恨。

小明跟着体弱多病的母亲相依为命，残酷的现实让这个女孩过早地体验到在她这个年纪本不该体验的困顿与哀怨。于是，她开始依靠于比自己"强大"的男孩。在现实社会中，在男权主义社会中，她成了一个"识时务"的人。她在不同的男孩之间斡旋, 殊不知正是她的这种行为给自己带来了本不该有的杀身之祸。

滑头的转变, 描写得也非常得体, 甚至精确。最后, 小四抽了滑头一个嘴巴, 而滑头没有反抗。这和电影开始时的情景产生鲜明的对比。一个视暴力为成就的人看淡了这一切, 而另一个曾经被暴力欺辱的人却越来越依靠暴力了。

……

当然, 如果这样一部接近四个小时的电影只是谈论了这样一起杀人事件的话, 那么, 就算影片把事件发生的根源分析得多么深刻, 也不一定会拥有感染人的力量的。可事实上, 围绕主人公的转变历程, 影片在我们面前直观展现了 20 世纪 60 年代台湾的社会风貌, 并且全景式地描绘了当时人们的现实生活状态。

于是毫无疑问, 它成了经典。

最后我想说, 突如其来的爱情毁掉了小四, 在小四还是一个懵懂少年的时候。青春是如此美好, 又是如此危机重重。在小四还不懂什么叫做爱情的时候, 就被爱情毁掉了人生。这真是一个荒唐而又过分真实的人生, 我们只好小心翼翼地走着, 走向最惊心动魄的未来。

也许, 我们真的不该再抱怨什么, 只怪我们少不更事, 只怪我们不懂我们自己。

17.3 《阳光灿烂的日子》: 有些懵懂值得怀念

姜文的导演处女作, 期待很长时间了。

《阳光灿烂的日子》（1994）

还好，电影并没有辜负我的这种期待：还真是不错。

描述了那个特点年代里，几个孩子成长的历程，从懵懂到半熟，从年少到成人，伴随情窦初开的青涩与苦闷，幸福与躁动，幻想与疼痛。

说是一种残酷青春写真或者惨烈青春物语什么的，就有点过了：这样的辞藻用来形容《牯岭街少年杀人事件》（1991），才正合适。但是，这部电影也绝对可以让人感受到青春的短暂与忧伤，以及失去终极关怀及目的指引的那些岁月带给我们的独特苍凉。

夏雨最好的片子。个人认为，这是夏雨主演过的最好的片子。

整天叫着"古伦木？欧巴！"的那个傻子的过门；冯小刚扮演的匠气十足的蹩脚教师；斯琴高娃出演的怨妇；王朔客串的那个名震四方的小混混；以及《中国式离婚》中绢子扮演者左小青的精彩演出；还有最后一幕戏中姜文他们哥几个坐在加长林肯一顿神侃的桥段……这些内容无疑都为电影平添了许多快乐。

这是一部优秀的电影。姜文作为这部电影的导演，显然拥有讲述这个的故事所需要的全部智慧和勇气。

17.4 补遗：《七月与安生》《那些年，我们一起追的女孩》

《七月与安生》（2016）

一个问题家庭里的问题女孩努力摆脱问题，并成功地把自己的问题留给了本来没有问题的两个人——那是她生命中最重

《那些年，我们一起追的女孩》（2011）

要的两个人。然后这两个人，一个活着却已经死了，一个死了却依然活着。

《七月与安生》（2016）

《那些年，我们一起追的女孩》（2011）

曾经看到这样一句话："人老了的最大好处在于，年轻时没有得到的东西，现在不想要了。"

我猜说这话的人一定是在自欺欺人，或者，他没有看过这部电影。

18

当情感在道德、逻辑和欲望的边界游走，
你才知道自己有多污浊

　　我们在绝大多数情况下并不了解自己，更不了解自己的情感。我们忽略了在这趟自认为可以把握和驾驭的人生旅途之中，一直都是情感在支配我们，而不是相反。情感可以轻易僭越道德和逻辑的边界，因为它根本就不在伦理和理性这两个分析框架之内——它既不是道德的，也不是不道德的，而是非道德的；它既不遵从逻辑，也不违背逻辑，而是与逻辑无关。善变是情感的本性，虽然在每次变化之前、之间，甚至之后，它都以真实的方式来示人。而且，它对于我们人生最为致命和彻底的打击在于，它受欲望驱使。我们的欲望太过丰富也太过复杂，以致于各种固化的亲密关系在根本意义上，满足不了我们那些丰富得有些荒唐，复杂得有些龌龊的情感需要。

　　一味听从情欲的召唤，你会死得很惨，相信我。

18.1 《理发师的情人》：舒缓的暧昧、温情和感伤

　　理发师马蒂尔，和一个见到她第一面就要迎娶她的男子安东尼，一些算不上浪漫也并不怎么动人的情节，再加上对于

《理发师的情人》（1990）

十二岁时小安东尼内心世界的回顾与呈现，就几乎是这部电影的全部了。

然后，马蒂尔在一个大雨滂沱的下午，突然奔出理发店，跑到桥上跳河自杀了，此举为这部平静到麻木、舒缓到困倦的影片蒙上了一层唐突的阴影——如果不是这样，这部电影也就真正做到不露声色、无疾而终了。

在影片的结尾处，安东尼像往常一样，先是在理发店里安静地坐着，听着旋律优美的音乐，然后开始跳起了蹩脚的舞蹈……终于，他又恢复了安静，对一位要理发的顾客说：

等等吧，她会回来的。

于是，心底有一种情愫开始萌发，刺疼我灵魂深处最为柔软的地方。

18.2 《周渔的火车》：一部讲述为爱偏执的电影

女主人公周渔偶然读到了陈青的一首诗并因此爱上了诗人。于是，为了见到诗人，她在相距遥远的两个车站之间往返奔波，展开了一场浪漫而又稍显苦涩的恋情。可惜好景不长，诗人被指派到火车无法企及的西藏，原因只是组织上认定写诗会影响到陈青作为图书管理员的本职工作。

然而，周渔依然故我，每周两次，往返于两个车站之间。这就带有悲壮的意味了。

当然，火车上的周渔并不孤独。那个叫张强的男子和她关

《周渔的火车》（2002）

系暧昧。最后，周渔还是决定要离开张强去找寻诗人。可惜她在去往天山的路上死于车祸。

终于，一个叫秀的女子千里迢迢找到了陈青。可是，除了颓丧和激愤，那个诗人已经没有任何坚守了。

太多的事与愿违，终于断送了一段充满幻想、炽热而又偏执的爱情。

如果没有巩俐，这应该是一部稀松平常的电影吧，哪怕北村的原著写得多么出色。

18.3 《一树梨花压海棠》（1997）：无望的情欲，没有人能全身而退

这是继《离开拉斯维加斯》（1995）之后，我所看过的最令

人绝望的爱情电影。

电影的主人公，同时也是影片故事的讲述者。他出于对自己十四岁时迷恋过的一个因伤寒而死去的同岁女孩的怀念，居然在不惑之年深深爱上了一个十三岁的少女！看似荒唐透顶也令人费解，却又包含着某种合理性：那些让我们倍感遗憾的人生际遇会变成内心深处的某种"未完待续"情结，

《一树梨花压海棠》（1997）

总希望在后来的生命中通过某种方式来变相弥补。

那些遗憾在岁月流逝之中慢慢沉淀，似乎早已无关痛痒。可事实却是，一旦受到某种外在环境和偶然因素的刺激，这些潜藏在心底深处的遗憾就会被激活，催促我们不断进行弥补、疗伤止疼。

于是，这场近乎疯狂的恋情就这么一板一眼地展开了。而且更要命的是，这个女孩居然会把男子嘲弄得体无完肤！

爱情有时就是这么残酷：谁动了真心，谁爱着对方，谁就要为自己的真心和爱付出代价。很明显，男子一厢情愿地深爱这个女孩，无论这种爱情听起来多么荒诞不经，不科学、没道理，可爱情本身却是真实的；而那个女孩，则显然还没准备好

要去爱这个男子。她有自己的"性伴侣"，并且还在不断地追逐和寻找。她甚至把自己和这名男子的"亲近"看作是种交易，这是她赚钱的好办法。

在这种情境之下，我们自然无法指望影片会带来一个皆大欢喜的结局了。男子全身心地呵护这个女孩，同时也付出了几乎全部的时间和精力，还有大把的钞票。他明知道女孩不爱自己，却不愿接受这个事实，只能在有条件地拥有女孩身体的同时，幻想自己的全部付出终将赢得女孩的心。

他自我欺骗并且深深为此痛苦，直到有一天，连女孩的身体他也无法企及了：在一个"老人"的帮助之下，女孩设计骗局离开了他……男子近乎疯狂地寻找这个女孩，就像此前他近乎疯狂地爱着这个女孩一样。但杳无音信。

三年之后，女孩给男子寄来了一封信。她告诉男子，自己已经结婚并怀有身孕。就像从前那样，女孩这次和男子联系的目的，还是要钱。男子按照信的地址立刻去见这个女孩，并给女孩带去了 4000 美元，甚至到了这个时候，他还在幻想女孩可以和自己走——然而女孩只看重钱，并且满心欢喜地在丈夫面前展示着自己刚刚得到的钱。

于是，男子彻底绝望了。

影片的结局是：他找到那个把女孩从自己身边骗走的"老人"，开枪射杀了他。之后不久，由于心脏病突发，他猝死在监狱。而那个女孩，死于难产。

究竟要有多坚强，才可以深爱一个不爱自己的人？究竟要有多勇敢，才愿意承受一场遥遥无期的自虐？

也许，不愿放手的爱是一种重症心理疾病，是终生不治的深度残疾，只有死亡才能让人痊愈。

18.4 《布拉格之恋》：生命中不能承受之轻

在电影中，那
个叫做托马斯的外
科医生混乱不堪的
私生活无疑给我留
下深刻印象，而把
这个故事放在苏联
联合东欧五国武装
干涉捷克斯洛伐克
经济改革的历史背

《布拉格之恋》（1988）

景之下来叙述，也并没有给这个医生的行为找到合理化借口。

"忠诚"对于感情生活而言，是一个过分沉重的话题，影片就是最好的证明。

生活对我而言如此沉重，在你却如此之轻。

我想，这可能是对影片中托马斯医生此前行为的最好谴责吧。女主人公留下的这个便条着实让我们感到悲哀，原来那种为爱而心碎的感觉，是可以跨越时空的——然而，更大的悲哀却还在后面。外科医生为了维护自己的言论自由而失去了工作，逃亡瑞士又从瑞士回国也许不是最好的选择，但爱情有时真的会让人莫名其妙。

终于，两个人在田间乡野度过了一段童话般的美好时光。他们终于在心灵乃至身体上相互忠诚了——可等待着他们的，竟是一场突如其来的车祸。

现实生活是一种很玄妙的东西，虽然每时每刻它都是可以触摸的真切存在，可它的发展走向却永远无从捕捉。生命中的那些不能承受之轻，早晚有一天会让你感觉到它的力量。

你在想什么？

我在想，我是多么的高兴……

之后，车祸发生了。

相比之下，还是米兰·昆德拉的原著更具穿透力。电影搭了原著的便车，却也仅仅停留在"讲好一个故事"的层面。事实证明，死亡并不一定会能提升爱情的境界，却足以让人倍感个体生命之轻盈。

也许，命运多舛、世事难料，方显爱情之珍贵吧？

19

命运的恩宠，我们得到的并不多。不是不需要，而是不配

无论从哪个层面来看，真正得到幸运之神眷顾、获得命运恩宠的人，总是少之又少的。否则，那些被鸡汤学家肆意传销的所谓"一切都是最好的安排""遇见最好的自己""你是如此不可替代"之类的弥天大谎，就不会以10万+的规模被欣然接受。而真相在于：成就不了非凡，就只能寻找各种借口来接受平凡。说到底，这些说辞的功效就是帮助你接受自己的无能、平庸和苟且，一句话，让你凑合着、将就着，认命。我想说的是：咱们既没才华、还不努力，又缺乏目标，命运凭什么宠着咱们？咱们真的配吗？

每个人都要对自己人生的负责。拜托，别忘记这一点。

19.1 《求求你，表扬我》：你凭什么这样冷漠

杨红旗在一个大雨滂沱的夜晚救了一个差点被奸杀的女大学生欧阳花，这是见义勇为的好事，理应得到社会的褒奖——毕竟，高尚的道德行为本应被这个社会所鼓励，这是一种正强化——可他本人并没当回事。

可是情况发生了变化。杨红旗的老父亲身患肺癌，得知自己已经时日无多，于是说出了自己惟一的遗憾：老人是劳模，一生勤劳质朴、乐于奉献，得到了无数个奖状奖章，可他憨厚

《求求你，表扬我》（2005）

老实的儿子眼看就 40 岁了，却连一封表扬信也没有收到过。他希望在自己的有生之年能看到儿子得到一回表扬。

于是，杨红旗回想起那天自己救人的经历，希望报社可以在报纸上发一封表扬信。

本来是一件稀松平常的事情，可由于那个女大学生的矢口否认，问题变得复杂起来。欧阳花振振有词地描述她那天不在事发现场的经过，她的同学也为她搪塞。天生憨厚质朴的杨红旗，哪里是伶牙俐齿的女大学生的对手！

由此，影片一改轻松戏谑的叙事风格，沉重的主题得以呈现。最后，杨红旗的父亲去世了，临终前没能看到儿子的表扬信；杨红旗的生活还是一如既往地继续着，虽然表扬信最终得以在报纸的头版发表，可它已经没有任何意义——杨红旗只是希望了却父亲的心愿，他根本不会在意什么表扬信的；"雨夜救人"的整件事情真相大白了，女大学生失去了业已获得的工作岗位；报社记者面对两位当事人的愤怒和抱怨，最终选择辞职离开了报社。

我想说的是，其实问题的关键在欧阳花。面对奋不顾身在暴徒手里救下自己性命的恩人，她怎么可以如此冷漠？报社已经表示要匿名报道这个事情了，她哪里来的什么压力？就算有些压力，面对自己最想忘记的惨痛经历也需要一些勇气，可这些问题怎么可能就如此轻而易举地战胜了她的道义担当和良知？

印着表扬信的报纸被随手扔在地上任人踩踏。注定没有人会去关注杨红旗。这个社会太冷酷。杨红旗和他的父亲，是被社会边缘化的人。他们的声音太微弱，他们的要求如此简单，可在这世风日下的社会，却又显得如此荒诞不经。也许，惟一的改变只是在于：这件事足以改变杨红旗的道德观、颠覆他的信仰，当他再次看到类似的事情时，会选择置之不理。

如果真是这样，我们可千万别怪他，正在遭遇不幸的人也千万别怪他。

女大学生失去了工作，如果用人单位给出的原因是她低劣的道德品质，那我会很欣慰；如果是因为害怕这个事情会影响单位的声誉，我也不会感到意外。

记者的辞职，让我们对这个社会抱有一丝希望。这封表扬信让他付出了巨大的代价，可他也一样被这社会排挤出局了，而不是拯救了这个社会。

19.2 《两小无猜》：游戏人生的典型范本

儿时的游戏，无伤大雅——"你敢吗？""我敢！"之后，是一系列令人捧腹的恶作剧。

《两小无猜》（2003）

可是，一旦把这游戏作为一种生活方式，并把它固执地带到成人世界，这就过了，危险了。

出于这样一种对于荒谬游戏的热衷，最好的朋友可以戏弄，父子关系可以放任不管、任其破裂，对事业、家庭、社会起码的责任感可以泯灭。对自己就更是随心所欲了——很明显，除了继续这个荒谬的游戏，他们已经找不到人生在世的任何目的了。

最终，这个荒谬的游戏把两个游戏人生的人给吞噬了。

无论怎样，我们必须对自己的生命负责。虽然我们很可能成就不了什么，但我们不应该就此放弃努力。退一步讲，作为底线，至少我们不该伤害那些爱我们的亲人和朋友，不能对社会和他人构成威胁。可影片中的两个人，似乎从未意识到对自己生命的责任，以及对于家庭和社会的底线担当。

他们选择了玩世不恭，选择了游戏人生。而为此付出代价的，并不只是他们两个人。自我放逐不是问题，但不能让亲人、朋友、社会……成为自己游戏人生的牺牲品。这不公平，也不厚道。

别告诉我说这是什么所谓的法式浪漫，这根本就不是爱情，何谈浪漫？这只是游戏人生的典型范本。对于自己人生采取任何立场都不为过，你的人生你说了算。只是，这个立场绝对不能殃及社会。

19.3 《似是故人来》：因为担当，所以动人

这是一部感人至深的影片。

一名教师，因诈
骗罪而锒铛入狱。和
他同在一个监狱的另
一名男子杰克，和他
外貌酷似。在四年的
朝夕相处中，他们彼
此熟识，包括对方的
家人、经历、生活环
境。后来，杰克因为
一次赌钱作弊被发现
而和人殴斗，终因失

《似是故人来》（1993）

血过多而死。刑满释放之后，这名教师突发奇想，冒充杰克来
到了他的家乡——影片的叙事是从这里开始的，而这种身份的
错位也为后来悲剧的发生埋下了伏笔。

经过一段时间的相处，教师深深爱上了杰克的妻子娜莉。
他开始努力改变自己，努力让这个不幸的女人获得幸福，并且
开始设法改善小镇居民的生活境遇。他的改变是惊人的——他
曾因诈骗别人的财物而锒铛入狱，现在，当他拿上小镇居民的
财物去远方购买种植烟草的种子时，却可以历尽千辛万苦买来
种子，兑现自己的承诺。

导致他转变的原因也许只能是：爱情的力量。

现在，在他们的共同努力下，人们开始种植烟草并终于获
得了丰收，改善了生活状况。而且，他和娜莉也有了爱情的结
晶——一个可爱的宝宝。

然而，警卫的出现打破了一切向好的生活。警卫带走了教

师，原因是他所冒充的那个杰克曾在几年前杀害了一个人，而这个案件现在终于败露了。警卫要把这个"杰克"绳之以法，关进了监狱。于是，教师必须在两个选项之间做出抉择：第一个选项，是说出自己的真实身份，为自己开罪，获得自由。但这会损害妻子的名誉和自己的声誉——毕竟，和一个不是自己丈夫的男人生下私生子不是一件光彩的事；而他自己也会因此失去所有小镇居民的信任；再一个选项，是承认自己就是杰克。这样显然能够保全娜莉的名誉与尊严，赢得小镇居民的尊敬——而他自己，将会因故意杀人罪而被执行绞刑。

说起来，娜莉早已知道这个男人不是自己的丈夫了——如果一个女人连自己的丈夫都能认错，就不符合基本的逻辑了。只是她也深爱着这个外貌酷似自己丈夫的男人，因此也没有追问他的身世。但是现在，在这个生死攸关的时刻，她想说出事情的真相来挽救自己的爱人。

教师做出了生死抉择——他选择了后者，承认自己就是杰克，对"自己"的罪行供认不讳。他放弃了律师为他做的辩护，甚至和娜莉辩论以证明自己就是她的丈夫杰克。终于，他让法官和所有人相信了这一点。

至此，娜莉甚至还不知道这个男人的名字，但是这已经无关紧要了。重要的是，这个无名教师用生命捍卫了一个男人的责任，哪怕他所捍卫的，只是另外一个男人的责任。

知道自己应该在什么时候、以何种方式来担当自己的责任，是生而为人，最动人的地方。

20

那些关于时空穿梭的奇思妙想：几部引人入胜的"穿越"电影

也许，只有人类才会对过去和未来有着如此偏执的好奇心。进而，当我们发现自己终究只能"活在现在"这一事实之后，内心充满懊恼。我不知道现在还有多少科学家执着于"时空穿梭"这一近乎天方夜谭的梦想，无论如何，这的确是件令人兴奋的事情，值得为之奋斗。后来，当无数次的科学实验均已失败告终，我们开始寄希望于艺术作品——比如电影，来更相满足我们的愿望。

我们都是特定时空的游子，占有空间、历经时间，展开全部生命活动。虽然人生转瞬即逝，却也拥有专属于"我"的惊鸿一瞥。

《终结者1》（1984）与《终结者2》（1991）

人类在末日将至之时的最后挣扎——回到过去，改变未来。作为一种传统科幻类型片的终结者，它是一个里程碑，已然无法超越。《终结者2》你看了多少遍？反正我看了不下十遍了。想想看，那个液态金属机器人 T-1000 很有可能是科幻电影史上最让人不寒而栗的"狠角色"了，噩梦一样的机器人啊，哎……

《回到未来》三部曲（1985，1989，1990）

一口气看完了三部电影——本来想着看完一部就去睡觉的，结果剧情实在精彩，索性全部看完。六个多小时，跟随影片的主人公，穿梭于过去与未来。每每惊诧于剧情的开放性和惊人的想象力，时而轻松幽默，时而

《回到未来》（1985）

紧张刺激，时而情深意浓。作为 20 世纪 80—90 年代的影片，它做到了那个年代所能达到的全部完美。多次笑出声来，又几次被感动得热泪盈眶。

我想，冰冷技术背后的人间温情，才是这趟人生之旅中最为可爱动人的地方吧？

《居家男人》（2000）

这部电影充满了温情，让我爱不释手。尼古拉斯·凯奇饰演华尔街的资深投资家，住豪宅、开法拉利，典型的成功人士。影片设置了这样一个问题：如果这个投资家当年没有登上去往伦敦的飞机而与女友天各一方，他的人生将会是怎样一番天地呢？影片描述了他的另一个人生——开着小型货车、以卖轮胎为生，与女友结婚了，共同养育他们的几个孩子。在影片结尾处，这名投资家已经不打算再回归自己从前的生活了，因为"另一个人生"让他体会到了从未有过的温情和快乐……我非常喜欢这部影片，它很细腻，让人感到温暖。

《少数派报告》（2002）

斯皮尔伯格和汤姆·克鲁斯携手打造的一部有关于预先制服犯罪的影片。在犯罪行为发生之前就逮捕犯罪分子——这一有悖一切传统与现代法理及其实践的惊人构想被影片诠释得惊心动魄、异彩纷呈。于是，在观影的某些瞬间里，我们缜密而精致的惯常思维方式被彻底颠覆。

话说把这部影片放在这里是有些偏题了，因为片中并没有时空穿梭，只有预知未来。

《蝴蝶效应》（2004）

影片以令人绝望的方式诠释了这样一个道理：现在的一个无足轻重的决定会对未来产生不可逆转的影响。所以，我们必须谨慎行事，因为一旦事发，我们将没有机会改变未来——所有挣扎都是徒劳，要珍惜当下。这部电影实在经典，我必须要承认这一点。就在现在，在写这些文字的时候，我的内心又涌动着想要再次重温影片的冲动。

《生死停留》（2005）

影片在生命弥留之际的气氛渲染上极尽能事，于是一不小心，触动了我内心深处一个隐秘而柔软的角落。它像一首在第一个音符响起时就已让人心碎的歌曲那样叫人绝望，却也欲罢不能。故事情节已经没有太多印象了，却没有勇气重温——人都是趋利避害的，我的本能反应是，逃离。

《预见未来》（2007）

尼古拉斯·凯奇也来了，打算在穿梭时空的领域分上一杯羹。惟一不同的是，几经周折，那个核弹终于还是被引爆了——预知到了未来，拼尽全力却无法改变它。影片为时空穿梭的主题提供了一个悲伤却并不惨烈的注脚，和《蝴蝶效应》比较而言，它既壮观、又苍白、还落寞。

《源代码》（2011）

在最短的时间里，电影主人公经历了最为频繁而惨烈的时空穿梭。而且更为重要的是，他没有办法改变自己不断穿梭的事实——他只是一个工具，为了捍卫自己军人的荣耀而战。好在，影片以最为震惊的方式终结了主人公的工具性命运，回归到对于生命本身的尊敬与关怀。于是，影片主题得以极大升华，由"人是工具"回归"人是目的"，上演了一场对于生命关怀的赞歌。

哪怕它选用的方式是如此的疯狂。

《黑衣人3》（2012）

这个系列的影片有些黔驴技穷了，为了延续这个续集，它不得不动用了"时空穿梭"的把戏。这部影片的全部努力只是为我们提供了又一个"回到过去，拯救未来"的典型范例，哪怕在某些层面来看，它相当绚丽。无论如何，作为一顿丰盛的娱乐快餐，我们不能要求它做得更好了。

电影与电影人：一些肆无忌惮的胡扯

作为一个经常用"淘碟"和"看片"来打发无聊时光的电影爱好者，我在妄而想当然地认为自己既然已经"阅片无数"，就能以"资深影评人"自居了。于是，迫切需要用幻想的话语权来展现自己的"资深"地位。一个人无知不可怕，可怕的是不仅无知，还不知道自己无知。而最最可怕的是：不仅不知道自己无知，还以为自己是行家里手，用各种业余胡扯去挥斥方道、指点江山。无知一旦达到无耻的程度，也就无所畏惧了。

下面展现的，就是我的几篇无所畏惧的文字。

21.1 《坏中尉》：一个人的精彩，值得反复回味

一直期待着尼古拉斯·凯奇回来。看过这部翻拍的《坏中尉》（2009）之后，我可以很有底气地说，他回来了。至少他回来过。

自从《战争之王》（2005）之后，心里一直有种遗憾——我发现凯奇接的片子越来越多，可质量却总是差强人意。凯奇的"状态不佳"，他接的片子"很烂"，无法发挥他的"核心竞争

力",却也是在凯粉儿中流行很久的主流观点了。

于是,期待凯奇能够找回自己,带给我们惊喜——毕竟,从《我心狂野》（1990）《离开拉斯维加斯》（1995）《勇闯夺命岛》（1996）《变脸》（1997）再到《战》……他成就了太多经典啊。为此,可能很多粉丝也像我一样（好吧,我承认自己也是凯粉儿之一）忍受了诸如《异教徒》（2006）《预见未来》（2007）《恶灵骑士》（2007）《曼谷杀手》（2008）这样一些影片。

虽然在这些影片中凯奇的表现也不是一无是处,尤其是在

《坏中尉》（2009）

《曼谷杀手》的结尾处，凯奇扮演的杀手最终选择同恶者同归于尽时，那种悲壮而又决然，坚定却又无奈的复杂心理，被凯奇诠释得荡气回肠——显然，凯奇依然是那个用演技征服世界的伟大演员。只是在更多时刻里，他的才华被平淡无奇、支离破碎的剧情淹没了。

现在，看完这部翻拍的《坏中尉》，我的内心满是欣慰。凯奇的确回来了，哪怕这只是他一个人的精彩。

说起来，在得知凯奇要主演翻拍版的《坏中尉》时，心里的感觉还是挺复杂的。虽然凯奇的确主演过一些翻拍影片（比如《天使之城》（1998）、《曼谷杀手》和《异教徒》），可我从没像现在这么担心——不是说1992年版《坏中尉》里的哈维·卡特尔的演技比凯奇强多少，而是说像这种极具风格化的作品一经产生就会形成"心理定式"，是很难被突破的。

另外一个原因就是，1992年版的《坏中尉》已经达到这样一个高度，这个高度导致它无法被效仿，更难以被超越。作为一部仅用了18天就拍摄出来的低成本独立电影，由于《坏中尉》涉及内容的敏感性和拍摄尺度的大胆性而被定为限制级电影。这个分级意味着它无法通过正常的院线公映渠道而与观众见面，然而在我的心目之中，它的地位是无可撼动的：这是一部于悲愤沉沦中揭露现实黑暗、于阴郁寡欢中鞭挞社会丑恶、于自我放逐中寻求信仰关怀的经典黑色电影。

还是回到电影本身吧。可以看出，无论是剧本的改编、镜头的运用，还是剧情的处理，翻拍版《坏中尉》的主创团队都下了很大气力——这和时下好多翻拍明显是在吃经典电影的"老本"来赚钱，同时也在糟蹋经典的做法是非常不同的。

而且，这里最大的改变是对影片结尾的处理，这绝对需要勇气——起码从剧情上看，影片完全逆转了1992年版《坏中尉》中的那个戛然而止的结局。可能现在的这个结尾不如原版带给我们的震撼强烈，但是它足够悠长，可以让我们反复回味那些弥漫在剧情之中的悲哀和无奈。

于是，你可能会和我同样惊叹，一部翻拍影片竟然会带给我们如此不同的观感体验——这一定是电影主创团队的最大野心（除了赚钱）了。我想说的是，如果没有凯奇，这部电影就无法实现它的野心。换句话说，为了实现它的野心，就只能选择凯奇。显然，凯奇没有让他们失望，片中他的那种略带神经质的张狂，辅之以根深蒂固的忧郁气质，恰到好处地把一个警员的内心世界及其转变——呈现在我们眼前，叫人拍手称快。

显然，凯奇没有变，更没有衰老——他的才华足以让他再次征服奥斯卡的那些刁钻评委们。

现在需要的，也许仅仅只是一个好剧本，和一个负责任的好导演。

21.2 影像的碎片：王家卫，符号的盛宴

—1—

支离破碎，盛开在屏幕

颓败而温暖。有

欲望的抚摩、记忆的陨落、悲情的浮夸

谁会介意，那些杜撰的疼痛

击打

不合时宜的心灵

—2—

那些都市里的角色，
活在边缘、活在表层、活在别处
而我们
在钢筋水泥铸就的现实
体会破裂，等待救赎
期待风格化的感动

—3—

酒吧、唱机、枪火
纷至沓来
暧昧、自恋、乖张
靓女型男
营造一款后现代的刻意忧伤
肆虐的独白、任性的镜头
精致的画面、错落的情节
渲染成挥之不去的
小资情调

—4—

2046、堕落天使、旺角卡门
重庆森林、春光乍泄、东邪西毒
……

《重庆森林》（1994）

用抽象的影像

鞭策蒙昧的现实

或爱死它，或恨死它

就是不敢无动于衷

21.3 范伟与电影：一个被我看好的未来

之所以用"一个被我看好的未来"这样的句式来谈论范伟及其参演的电影，原因或者用意主要在于：

其一，这篇文字完全是我的个人观点。"我"，本来就是一个非常主观的概念，"被我看好"则更是一个主观至极的价值判断了。

其二，我看好不看好，其实无关紧要。我是一个小人物，这点起码的自知之明还是有的。因此我深信，就算用如此主观的判断作为标题，也不会造成什么恶劣影响。

其三，我比较喜欢他参演的电影，或者电影中的他。亦可说成，由于有他的参演，一些电影我比较期待着去看。

范伟

好了，进入正题。

说到范伟，相信我们立刻会想到那些让人捧腹的小品。从《天下无贼》（2004）第一次看到范伟"出镜"到现在，开始缓慢觉得，一个颇具实力的演员已经诞生。

显然，《天下无贼》不足以支撑我的这个结论。他在片中只是充当了一个庸俗的笑料，一个可鄙的噱头。

好在，我们很快就看到了《看车人的七月》（2004）。这是一部典型的草根电影，也是展现范伟演技的"巅峰之作"。彻底褪去了喜剧元素，我们才发现小人物的悲剧是早已注定的，性格决定命运，而生活境况影响性格，说来说去，主人公的命运已然无法被归入单纯的个人悲剧。他的两难选择无一不在向我们展示宏大社会变迁背景下的小人物的艰辛与无奈。

无疑，这是一个悲伤的故事，而且最重要的是，这种悲伤很真实。可以想象，这样的事情在现实生活中会被不断重复：它每天都发生在我们身边，我们身上，只不过没有电影中那么密集。主人公的两难选择是由身份造成的，或者，是身份背后的思维方式。要么受气，要么为泄愤付出代价，永远不存在第三条道路。

我觉得这就是我们常说的小人物的悲哀，这种悲哀，绝不会因为是小人物所经历的、所遭遇的就缺乏深度——恰好相反，它太具有典型意义了。于是，我们内心的共鸣必将持续相当长的时间。我也是小人物，我太理解那些在影片中痛苦挣扎却又无法挣脱的人们的悲哀了。在某种意义上，那种挣扎是我的，也是你的，这是小人物的宿命。

《求求你，表扬我》（2005），他既被导演用镜头和故事情节好好地戏谑了一番，以满足观众对于"范伟"喜剧娱乐性标签的期望；同时，也是在更多时候，则是他深入刻画了一个普通百姓杨红旗的朴素道德诉求——哪怕这种诉求在这个道貌岸然的时代显得多么落寞和尴尬。看似简单的故事，却因杨红旗的无奈坚守而带给我们感慨多多。这个电影我也有专门文字谈及，这篇文字也放在这本书里了。

我曾用"足以燃起中国电影之希望的力作"来夸奖《芳香之旅》（2006），以及电影中的范伟，这篇文字也放在这本书里了。《芳》是一部正剧，张静初片中饰演角色的人生悲剧，是那个特定时代造成的。虽然范伟在片中戏份不多，但其憨厚、质朴的本色表演，一改往日喜剧形象，倒是真的让人感到意外。而且，这种意外并不让人遗憾，而是惊喜。

说来说去，真正促使我写这篇文字的，是《即日起程》（2008）。这部喜剧电影是典型的应景之作，而我对"范氏幽默"自然也是非常欣赏的，然而范伟在片中存在一个问题：有些桥段里他的表现，有无厘头的嫌疑。而"范氏幽默"本来是该比这个高超许多才好的。

比如，当吮吮和同伙把范伟和小夏扣在仓库里"审问"的时候，他的表现实在有悖于当时的情景——试想，如果一个人在一天之内遭遇到这么多的不幸，当他被锁在那里动弹不得，而身边那个本该感谢自己的女子翻脸不认人，愣是要把自己往死里整的时候，他的愤怒本该是那种爆发式的、淋漓尽致的。可范伟在这里的表现只好像是"闹着玩"，甚至没有身边一边陷害他、一边打算抽身而逃的女子表现得好，这就过分了。

换句话说，这个桥段成了"为了搞笑而搞笑"了。个人认为，这是喜剧的最低层次。范伟放弃了自己最擅长幽默方式而搞起了这种无厘头的东西，这很是让人遗憾。

不过，我更愿意把这个板子打在导演或者编剧身上。因为很有可能，是导演和编剧的合谋，才促成了范伟的这种表演形式。倒是在影片的后段，当女子终于把护照还给范伟，他也终于知道自己被要了之后，那种表演更真实和贴切些。

看了上面提到的这些电影，再加上他主演的电视剧，慢慢就有一些初步的结论：范伟戏路很宽，表演也可圈可点，很有潜力可挖。在这一点上，范伟要比其他同样"出身"的人要耀眼得多——比如赵本山、陈佩斯、冯巩、潘长江……

因此，我看好范伟，希望他在从影道路上，越走越娴熟、越走越精湛。

21.4 尼古拉斯·凯奇：听到他的名字，就会让人心碎

曾经略带偏执地、热烈地喜欢他主演的每一部电影：虽然"烂片之王"的称号已经伴随他很久了，可他那玩世不恭、亦正亦邪的表情，令人心颤的忧郁气质，以及在电影中塑造的那些

尼古拉斯·凯奇

经典人物形象，依然无比动人。

尼古拉斯·凯奇的戏路要远比他的额头宽广。

在《我心狂野》（1990）中，大卫·林奇所营造的诡异氛围让凯奇有了一展拳脚的空间。在这部集反叛、暴力、温情、悬疑、魔幻等多种风格于一身的公路电影里，我们首次见识到了他出众的表演才华。

在《变脸》（1997）中，他和约翰·特拉沃尔塔分别扮演正反两派男一号。当他扮演的那个被"变脸"的警探因计划失败而濒临绝境时，他的表演令人震撼。这部电影你看过几遍了？也正是这部电影，奠定了他作为好莱坞一代"动作巨星"无可撼动的地位。

在翻拍自影片《柏林苍穹下》（1987）的《天使之城》
（1998）中，他饰演一名守护城市的天使，与梅格·瑞恩上演了
一场深情而又绝望的对手爱情戏，让人倍感温暖，却又为那始
料不及的结局唏嘘不已。

在《8毫米》（1999）中，当他扮演的私家侦探从中规中矩
的按章办事、谨慎行事，到抛开一切法律规制与人生信条而为
少女复仇时，是他的表演让我们锥心刺骨地体验到了人性之变
态、体制之荒谬与个体之无助。

在《急速60秒》（2000）中，他作为一个重情重义、有胆
有识的窃车大盗，金盆洗手后的再次出山，目的却是如此深
情——这让我们相信，同样是偷车，境界与格局真的可以大
不同。

在《风语者》（2002）中，他扮演一个肩负特殊使命的陆军
士兵，在充满血雨腥风的战场上演一场舍生取义的壮美故事，
彰显了生命的价值。

在《改编剧本》（2002）中，他一人饰二角，扮演一对为着
创作剧本而整日苦恼的孪生兄弟。随着真相逐渐浮出水面，人
性的阴暗面随之被揭穿，弟弟也因此付出生命的代价。可是生
活总得继续下去，哥哥圆满完成了剧本写作任务，也从此选择
让自己的生命肆意怒放。

……

慢慢地，我开始意识到自己为什么会喜欢他主演的电影了：
是他恰到好处的忧郁和深沉，在某个层面上呼应了我对生命的
省思。那是一种与生俱来的内在气质，和生活际遇无关、与荣
辱兴衰无关，只是静静地绽放和流淌。

当然，提到凯奇，就不能不说《离开拉斯维加斯》（1995）。在这部影片中，他饰演了一个失意的作家，一个生无可恋的酒鬼。凄美、灰暗却又闪现人性光辉的爱情，终究没能挽救这个让人心生怜悯的酗酒者。正是这部电影，为他提供了展现自己表演天赋的绝好平台，让他为自己赢得了世界级荣誉——奥斯卡影帝。

值得注意的是，这个荣誉的获得，不是通过扮演英雄、扮演恶棍，也不是通过扮演小人物，在平淡无奇的生活中体会人生的荒谬和悲哀，就像凯文·斯宾西在《美国丽人》（1999）里做的那样——不，不是的，这个荣誉不是这样获得的。他扮演的是一个终日靠酒精来麻醉自己的失意作家，烧掉了书稿，放弃了希望，只身来到拉斯维加斯，通过酗酒的方式来自杀。记得在影片《失去的周末》（1945）中，雷·米兰德同样是通过扮演一个酒鬼而让自己获得了世界级荣誉的，但是在那部影片里我们至少看到了希望。而在《离》中，只是把彻头彻尾的绝望全景呈现，是的，这部电影只是用来让我们绝望的。

然而，凯奇却成功了：他把这个内心绝望、自暴自弃、只求一死的酒鬼刻画得淋漓尽致、入木三分。他的表演显然征服了那些刁钻尖刻的奥斯卡评委，也征服了我——好吧，我坦承在某种意义上，他扮演的这个角色实现了我的一个难以启齿的死亡情结：在自我放逐和沉沦颓废中安静地死去，该有多美？

清晨，那个酒鬼死了，可妓女还活着。妓女的生活还得继续：噩梦一样的生活。生或死，究竟哪一种存在才更痛苦和无奈？

……

还是一厢情愿地期待着他的电影，看过他的《战争之王》（2005）和翻拍版的《坏中尉》（2009）之后，我知道自己的期待是有道理的。无论如何，他该是一个越老越有魅力的超级演员，现在的他所缺少的，也许只是一个负责任的好导演，以及一个好剧本。

默默期待着。

21.5 成就美国式梦想的典范：施瓦辛格，兼评《宇宙威龙》

真的很难想象，好莱坞的动作巨星可以当选美国加州州长。这充分说明美国人民，特别是加州人民是狂热的，而美国的选

《宇宙威龙》（1990）

举制度又恰到好处的以某种方式支持这种狂热。

阿诺德·施瓦辛格，无疑是成就美国式梦想的缩影与典范：从健美运动员到世界健美先生，从憨傻笨拙的演员到国际动作巨星。后来，他又摇身一变，成了一个十足的政客或政治家，当然，这需要留给历史去评说了。

加州人民相信好莱坞动作巨星会改变他们经济不景气和面临巨额财政赤字的现状，这也许有点滑稽，但谁又敢肯定施瓦辛格就不能成为这一领域的又一个神话呢？要知道在健美界和电影圈，他都做到了这一点。

在某些时段，美国是个铸就梦想的地方，就像他们不厌其烦宣扬的那样。

回头来说一下这部电影：《宇宙威龙》（1990）。精妙的构思和表现这些精妙构思的电影特效，把观众带到一个我们并不希望它变成现实，而又对它充满好奇的未来世界。虽说以《黑客帝国》（1999）为代表的新生代科幻电影的眩目成功使得这部"老"片略显粗糙，但是不要忘记在当年，这部电影也曾获得同样眩目的成功的。顺便提及如下两点：

其一，莎朗·斯通在片中的表现可圈可点、令人怀念。这个被电影《本能》（1992）成就的女演员，在试图成就电影《本能2》（2006）的巨大努力之中抵消掉了自己曾经的荣耀。

其二，这部影片中随处可见的奇思妙想给我留下深刻印象。比如那个拥有三个乳房的妓女。天啊，我太坏了。

21.6 《遗失在火中的记忆》：一些细腻的怀念和讨巧

那天在网吧等一个朋友，时间还早，于是选择看了这部电影。

电影名是《遗失在火中的记忆》，《往事如烟》是它的另一个译名。就译名而言，感觉后者有些泛泛而谈了，前者意境还好，可又有些文不对题。不去管它，只说说自己的想法。

很显然，这样一部充满温情、细腻而真挚、节奏舒缓的剧情片是比较适合我这样观众的：逐渐迈向衰老，过着平庸苟且的生活，忍受着细琐冗长的时光，以及同样细琐冗长的惆怅——这样的电影，可以让我暂时忘却现实、体会真情，在庸碌无为中透上一口气。

对于剧情我不想多做描述了，这个选择恰到好处地证明了我的慵懒。

其一，哈里·贝瑞是一个充满野心的演员。这样讨巧的故事情节和叙事方式，在很多方面具有逢迎奥斯卡的明显痕迹——这当然不会影响到我的观影，却会将她试图再次夺取奥斯卡影后桂冠的野心表露无遗。甚至在观影过程中，我几乎无法排斥不断要将这部影片同《死囚之舞》（2001）进行比较的念头。

我想说的是，故事构架和叙事风格与《死囚之舞》的雷同成就了这部电影，也成为这部电影的致命伤。

顺便说一下，哈里·贝瑞是决不会忘记在影片中适可而止地卖弄一下自己的性感和妩媚的，哪怕是在这样一部无关爱情

《遗失在火中的记忆》（2007）

的剧情片里。她该是好莱坞为数众多的"花瓶"中最具表演才能的演员之一了，因此，如果在展现她的演技的时候掩盖或者忽略了她的"花瓶"功能，对制片方来说会是一种巨大的"资源浪费"，对观影者来说，自然也是非常遗憾的事情。

其二，这是我想说的重点。那个叫"杰瑞"的人从一亮相就深深吸引了我，对我而言，他要比哈里·贝瑞更加光彩夺目。我知道这个演员叫本尼西奥·德尔·托罗。我无法掩饰自己对他的喜爱，这种喜爱早在观看《毒品网络》（2000）的时候就已经根深蒂固了，这个我必须承认。到了《21克》（2003）的时候，这种感觉变得更加强烈。我不打算再用什么精致的语言去夸奖他，不过似乎我已经开始这么干了。他的气质可以让我深陷其中，无法自拔。而这种吸引我的东西也让我略显尴尬——是他的忧郁。

是的，这就是他深深吸引我的原因。在镜头前面，托罗似乎永远是疲惫的、厌倦的、挣扎的，甚至是沉沦的和自暴自弃的。这种感觉和尼古拉斯·凯奇在《告别拉斯维加斯》（1995）中带给我的感觉如出一辙。

我曾经思考，为什么自己这么容易被忧郁气质所感染和打动？可能，这和我对这个世界的认知、对生命的理解是一致的；也可能，他们实现了我一直不敢实践的生活状态——颓废和自我放逐对我有种深沉的诱惑，虽然出于理性，我不会去轻易尝试。于是，当这种境况出现在屏幕上时，我会非常愿意沉溺其中。

哪怕在影片结束之后，我还要全力以赴地投奔色彩斑斓、娇艳欲滴的现实生活。

21.7 洛基最终还是输掉了比赛，但，史泰龙赢了

1977 年，《洛基》获得了当年奥斯卡的十一项提名，拿到了包括最佳影片、最佳导演在内的三个重量级奖项。这部影片也让混迹好莱坞的小人物史泰龙成了我们后来所熟知的那个世界级动作巨星，史泰龙。

其实剧情真的很简单，重点在于励志。洛基是一个在街头为黑帮收讨高利贷的小混混，同时也是一名业余拳击手，过着穷困潦倒的日子。因为机缘的力量，他得到了一次和拳王比赛的机会。于是他破釜沉舟、放手一搏，虽然死扛了下来，打满了十五个回合，最终还是输掉了比赛。可是，谁在乎这一点呢？要知道，他是在和拳击冠军对垒啊！他不仅完成了比赛，而且还曾将这个拳王击倒在地！我想，这部影片圆了很多人的成功之梦，这样的电影永远不愁没有市场——这也是《洛基》系列电影已经拍到第六部的原因吧？

洛基输掉了比赛，而史泰龙则因此获得了世界级影响力，一跃成为世界级的动作巨星。

还想说明一点，这个由史泰龙自己创作的剧本其实是很有深度的。而史泰龙在影片中刻画洛基这个主人公的时候，也是下足了功夫：洛基丰满、真实，是好莱坞电影中深入人心的人物形象。洛基缺乏自信而又富有同情心，当他看到十二岁的小女孩混迹街头时，他要劝说她、教导她，送她回家；洛基厚道、朴实而又倔强，不计较他人对自己的嘲讽，却又渴望获得成功。当他用了六年的衣柜被教练送给别人用时，他牢记于心——他

《洛基》（1976）

要证明，自己有权拥有一个衣柜；洛基用最蹩脚的方式来追求自己喜欢的女孩，但他的爱情执着、坚定、真诚，也因此温暖人、感染人。

我在想，史泰龙的成功也许并不是个偶然事件。因为，在这个偶然事件发生之前，他早已具备获得成功的一切可能性。

21.8 补遗：朱丽叶特·刘易斯

因为对她的好感，前段时间集中看了几部她参演、主演的电影，从早些的《恐怖角》（1991），到后来的《末世纪暴潮》（1995）、《杀出个黎明》（1996）、《爱情DIY》（1999），还顺便

朱丽叶特·刘易斯

重温了《天生杀人狂》（1994）。其实她在《杀出个黎明》里的表演还是相当稚嫩的，然而到了《末世纪暴潮》的时候，她已经可以做到收放自如了。在《末世纪暴潮》和《天生杀人狂》里，她的表现有些神似的地方，而且都很精准。其实看她在《杀出个黎明》里的表现很难想象到后来，也就是同一个她，会把这种"问题角色"把握得如此完美。是的，她做到了，也许，这就叫做成长吧。个人认为，她最好的电影还是那部充满温情、感人至深的《爱情 DIY》。她把那个角色全部的痛苦、快乐、苦涩和甜蜜，一一呈现在我们眼前。

必须承认，这种张力十足的表演在她此后的影片中也算相当罕见的。虽然她依然还在参演电影，包括《八月：奥色治郡》（2013）《玩命直播》（2016）等，但是整体反响平平，不能不说有点小遗憾。

几部电影，一些颠覆：无动于衷该有多难

电影这个东西看得多了，就会逐渐发现一个问题：真正能在我们生命深处留下印记的作品，和我们真正爱过的人（这么说会不会让你想到了很多很多？）一样宛若晨星。必须承认，绝大多数电影只能是我们生命自然生长过程中的一种偶然，是漂过生命之河的落叶、橘子皮、垃圾袋，可能还掺杂着一些用过的避孕套。我们匆匆相遇又匆匆错过，甚至连目光也没有交汇。如此说来，那些留下印记的作品，就更显得弥足珍贵了。而真正留下印记的作品，往往都有一个共性——在它经过我们人生那个特定阶段的时候，足够颠覆性。

列举几部具有"颠覆性"的影片吧，无论珍贵与否，它们起码不会让我们无动于衷。

《卡里古拉》（1979）

各种类型电影里面都该有个"终结者"的。比如，《阿凡达》（2009）应该算是科幻电影里的"终结者"了，诸如此类。

由此看来，《卡里古拉》该算是情色电影里的终结者——它毫无顾忌地打破了情色电影所有约定俗成的规则和各种电影审查制度所能容忍的尺度，从叙事手段、镜头运用、影像剪辑，甚至出镜演员的数量和展现性爱场面的规模……因此，它成了最具颠覆意义的情色电影。

极有可能，这也是情色电影大师丁度·巴拉斯最好的电影——也许我的这个评判，也会颠覆你对于"好"的评判标准。

《末路狂花》（1991）

两个平凡得有点平庸的女人被这个最具颠覆意义的社会步步推向死亡的社会反讽寓言，这个，是用最平常的电影叙事风格造就的最大规模的一次颠覆。影片会让我们思考、让我们悲哀。之后，我们开始发出"这个世界会好吗"的感慨，然后痛恨这个世界。

它所颠覆的，是我们的世界观。

《人咬狗》（1992）

几个来自比利时电影学院的学生拍摄出了这部"实验电影"，却一不小心从根本上颠覆了电影观众和电影的关系。以致于有人发出了这样的感慨："看的时候有一种被镜头强奸多次的感觉，那种痛并快乐的恐怖快感终生难忘！"这部黑白影片是以简朴的、甚至是有点简陋的纪录片风格呈现的，但不难发现在剧情中也暗藏着诡异而险恶的逻辑。

影片是在杀手的资助和指导下进行拍摄的，而电影拍摄的经费也来自杀手杀人所掠夺的赃款；影片拍摄者不由自主地卷入到杀人事件的旋涡之中，由目击者变成被胁迫者，直至变成了杀手的帮凶和同伙——而在影片的最后，他们和杀手一起被人打死。

这一切都在表明：《人咬狗》根本不是什么在拍摄者控制下的反映连环杀手内心世界的揭秘式影片，而是一个施暴者的阴谋：暴力为自己拍摄了一部表现自身暴力的影片，而观众从影片拍摄者的视角，不断被带入到剧情之中。

在一浪高过一浪的暴力行径中，我们并不无辜。事实上，我们跟随影片中的电影拍摄者，直接参与了一次又一次的犯罪。这部电影让我相信，在愈演愈烈的暴力面前，我们既是施暴者，

《人咬狗》（1992）

又是受害者。

没有人能置身事外。

《低俗小说》（1994）

再次观赏时，突然发现影片里的那些喋喋不休的独白变得不再那么沉闷了，这该算是一个好事情吧。鉴于这部经典的天才电影在电影史中的影响，以及它在众多影迷心中无可撼动的地位，让我在试图评价它的时候，明显感觉到了压力。这种压力开始让我露怯了，真的。这就好像是自己每天讲课讲得天花乱坠、无所顾忌，俨然是这个领域的专家——可是有一天上课的时候，突然发现自己的导师坐在下面。是的，现在我的内心就是这个感觉。

现在，上课的铃声已经响过了，学生也已经安静下来了，无论如何，我无法逃避了，必须要开始讲课。因此，我故作镇静，谨慎地留下以下文字——这部电影的风格有点类似于亨利·米勒的小说（比如《北回归线》）；而这部电影在电影史中的地位，也有点像亨利·米勒的小说在文学史上的地位。

很显然，这部电影根本不打算好好说事的，它不断挖苦着、讽刺着传统的叙事方式，进而也在挖苦讽刺着传统的暴力电影的内容构架。结果就是，它用这样的方式颠覆了电影本身，也因此成为电影史上的一次标志性事件。

……

我在想，如果没有这样一些电影，整个电影史就可能沦为简单平庸的赚钱或烧钱工具史了吧？从这个意义上看，颠覆是电影打动人心的方式。从颠覆技术到颠覆观念，永无休止、永不停歇，像极了我们时刻燃烧着的生命欲望。

《楚门的世界》（1998）

作为一个走进人群就会立刻消失在其中的普通人和小人物，楚门每天按部就班地、真实地、认真地生活着——至少，他以为是这样的，这就是他生活的全部。然而真相却是，他是一个全球热播真人秀节目的焦点人物，这个节目自从楚门降生以来，每天二十四小时、每年三百六十五天，从未间断地实时播送着，长达三十年之久！直到有一天，当节目导演惊人地说出"准备日出！""启动天气控制程序！"这样危言耸听的话时，我们和楚门一样被彻底颠覆：我们天经地义认为最为真实存在的一切，居然不过是一场精心策划的热播肥皂剧！

导演是楚门的上帝，遍布世界各地的观众都以楚门最真实的拟制生活作为自己消遣的方式和喜怒哀乐的源泉。

这个世界太过疯狂，也许我们永远无法了解事情的真相。

《穆赫兰道》（2001）

大卫·林奇拍过很多风格诡异的电影，比如《蓝丝绒》（1986）、《我心狂野》（1990）等。这个《穆赫兰道》的风格依然诡异却不满足于此，它是冲着颠覆电影叙事逻辑去的。当然，我的意思不是说它逻辑混乱和无厘头，而是说：这是一部开头会让你觉得平淡无奇，几乎失去了观影的耐心；而后来，它又让你觉得匪夷所思，于是你开始设想、期待、论证；然后，电影终于结束了，而你依然长久地坐在那里，盯着花白的屏幕不愿离开，内心充满惊诧。

单是对《穆赫兰道》的叙事逻辑进行文本分析，就可以弄出一篇非常像样的博士论文，如果有兴趣，你可以试试。

《饥饿站台》（2019）

这是近年来少有的给我留下深刻印象、引发深度思考的影片。

影片的设定绝对硬核，令人过目难忘：首先，社会资源由上至下进行纵向分配，上层拥有优先享用权，但严格限定占用资源的时长；其次，不同层级的人员分布不是金字塔形、不是纺锤形、也不是哑铃形，而是均匀的"I"字形，即等额垂直分布；第三，定期以随机方式更换人员所在层级，用以保证他们在不同层级间流动的公平性；第四，社会资源以满足所有人的基本生存需要来做定额定时配给，不考虑个体与层级的差异；第五，未成年人不允许入场；第六，确保以上规则被严格执行。

沿着这个设定，剧情以令人不安的方式逐渐展现，而更加令人不安的是，我们可以轻易得出以下结论：

第一，层级决定命运。身居高位的人永远在大快朵颐、及时行乐，身居下层的人永远在忍饥挨饿、自相残杀。

第二，体制的力量（管理局）和体制外的力量（主人公的反叛）都无法改变"层级决定命运"的现实。就算影片的设定打破了固化的阶层，但只要成为既得利益者，就只顾尽情挥霍。

第三，运气决定层级。无论是想改变命运（下层）还是维持好运（上层），只能寄希望于运气。而由于层级是随机分布的，因此，运气好就享受狂欢，运气差就只能认命。

第四，在层级决定命运、运气决定层级的实现面前，每个人都蜕变成实用主义者，没有人思考未来，更没有人尝试改变——就算思考和采取行动，也注定徒劳。

而且我固执地认为，就算片尾的那个被带回顶层的女孩让我们看到某种希望，但这个结尾本身就是违反设定而明显"出戏"的：首先，显然，位居这个层级的人不可能存活下来；其次，未成年人是不允许入场的；第三，如果这个女孩能够回到顶层，那么一直在苦苦寻找她的母亲就也能回到顶层。

所以，我更愿意相信这个儿童以及和她有关的情节，都来自男主人公的幻觉。事实上，被送回顶层的只是那个布丁，而且丝毫没有发挥作用：厨师长认为这个布丁被退回的原因是里面夹杂了一根头发。

影片用一个反乌托邦式的思想实验，得出了一系列失败主义的结论。而被它颠覆的，是面对未来的理想主义（男主人公和他的黑人搭档）、浪漫主义（带宠物的女人）和改良主义（坐轮椅的老人）立场。

23

情色：好吧，其实我是要谈论一下电影中的性

无论是噱头、卖点还是假装严肃和一本正经的人生思考，自从电影诞生之后，以"性"作为影片主题（或与"性"有关）的情色电影就从未淡出过我们的视线——事实上，哪怕电影分级制度已经在世界范围大行其道，而情色电影却比这一制度更加大行其道。其实这并不难理解，因为我们人类大概是这世界上惟一一种每天处于"发情"状态，时刻准备去"战斗"的动物了。无论是从生理学、心理学还是别的什么花枝招展的学科分析，我们人类永远"性"致勃勃、"性"趣盎然，虽然在每一个道貌岸然的场合，我们对此讳莫如深、故作淡定。于是，在填写个人简历时，面对"兴趣爱好"一栏，我们都会冠冕堂皇地写上电影、音乐、阅读、写作、游泳、象棋、排球、篮球、足球、乒乓球，或者其他什么千奇百怪的球。

可我知道你最想填写的是什么。

23.1 规范意义上的"情色电影"：一个学理化的初步尝试

什么是情色电影？

很明显，准确把握情色电影内涵的关键在于厘定"情色"的概念。苦于缺乏起码的本文参照，厘定这一概念并不容易。我们认为，要想给情色下一个相对严谨的定义，可以比照的概念应该是"色情"。通过两者之间的区分和比较可以得出"情色"的定义。在中国知网的学术定义搜索中，色情被定义为"引起人的强烈性兴奋的感官刺激，特别是公共场合或公众传媒中出现的对男女性征和性行为挑逗性的暴露和描述。"

稍加分析可以发现，首先，色情的本质是一种"感官刺激"，其目的在于引起人的性兴奋。色情是一种对人进行感官刺激的方式；其次，它通过对男女性征和性行为的暴露和描述等手段来实现其目的；最后，它主要以公共场所和大众传媒等公共领域作为传播的渠道和载体。

比照色情的定义以及对于这一定义的理解，我们可以尝试这样分析情色：

其一，与色情的重点在"色"不同，情色的重点在"情"。前者强调通过"色"来对人进行感官刺激，引发性兴奋，而后者则强调"以情动人"，通过对"情"的描述和展示来对人的内心情感、价值观念等施加影响——而这里的情，主要是指发生在男女之间的情爱，当然，它不排斥同性之间乃至其他形式的情爱。

《巴黎最后的探戈》（1972）

其二，与色情为达到感官刺激的目的，主要采取暴露和描述男女性征和性行为的方式不同，情色为了对人的内心情感和价值观念施加影响，在描述和展示情爱的时候，可以采取更加宽泛和自由的方式，暴露和描述男女性征和性行为有可能是其方式之一，但不是惟一的和最重要的方式。

其三，与色情以公共场所和大众传媒作为主要传播渠道相类似又有所不同，情色的传播渠道主要是大众传媒。色情可以假借某种艺术形式为载体来进行传播，但这并不是色情得以传播的惟一渠道，而情色在更多时候只是以某种艺术形式为载体而传播的。事实上，情色是很多艺术形式所要表达和展现的重要内容之一。

基于上述分析，可以考虑把情色定义为"一种以情爱为主线，以大众传媒为渠道，以某种艺术形式为载体，旨在通过对情爱的描述和展示来达到对人的内心情感和价值观念施加影响的方式"。而所谓情色电影，就是以情爱为主线，旨在通过对情爱的描述和展示来达到对观众的内心情感和价值观念施加某种预期影响的一种电影类型。

情色电影的特征

根据上述定义，可以把情色电影的特征概括为如下三点：

其一，情爱是情色电影探讨的核心问题。

无论电影采用怎样的叙事策略、拍摄技巧和表达手段，所有这一切应该都是为探讨"情爱"服务的，都是为更好地探讨情爱而进行的方式选择。通常在影片中探讨的情爱发生在一对男女之间——比如《巴黎最后的探戈》（1972）《感官王国》（1976）《法国中尉的女人》（1981）等；但这并不排斥同性之间的情爱，事实上，这方面有很多佳作——比如《春光乍泄》（1997）《男孩别哭》（1999）《断背山》（2005）等；甚至不排除其他超越伦理道德的罕见情爱——比如《马克斯，我的爱》（1986）《戏梦巴黎》（2003）等。

基于这样一种理解，像《费城》（1993）《美国丽人》（1999）《女魔头》（2003）等影片不能被视为情色电影，因为这些影片虽然也涉及了情爱，但是很明显，这些影片探讨的核心问题并不是情爱。

其二，对情爱本身的描述和展示是情色电影的叙事重点。

这是情色电影最典型也最重要的特征，正是由于这一点，才使情色电影从数以万计的电影文本中突显出来，发展成为一个独立的、有着鲜明特征的电影类型。这一特征也可以作为情色电影与其他类型电影相区别的重要尺度——当然，这个尺度可能不足以把色情电影也区别出来，这个问题我们将在下面一个特征的表述中进行尝试性解决。

需要说明的是，"对情爱本身的描述和展示"虽然是情色电影的叙事重点，但很多影片考虑到电影分级制度的限制、出于商业目的和情感认同等方面的考虑，往往会把这种描述和展示控制在一个可以被影评人及电影观众接受的范围之内。当然，不同的国家和地区（比如美国和欧洲）对此的衡量标准有较明显的差别，而有的影片主创团队（特别是导演）则只关注作为艺术创作的电影本身，放弃了逢迎电影审查制度的考虑——比如《卡里古拉》（1979）和《地狱解剖》（2004）等等。

其三，对观众内心情感和价值观念施加某种预期影响是情色电影的目的。

情色电影对于情爱的探讨以及对情爱本身的描述和展示，其目的在于表达电影主创团队（特别是导演）的某种观念或主张，期望通过影片的上映而把自己的思想传播给观众，并希望这种思想可以被观众所了解、理解乃至认同。很显然，情色电影试图对观众的内心情感和价值观念产生某种影响，这种愿望显然要超过影片可能给观众造成的感官刺激的——这应该是情色电影和色情电影的重要区别。

换句话说，影片对情爱的描述和展示本身并不是目的，这种描述和展示是"超越本能"的，建立在特定的社会观念和人文背景之上。

尚未解决的问题

如果情色电影可以作为一个严肃的学术问题而存在，那么必须承认，这个问题的研究前景是非常广阔的。

其一，本体论研究。

即主要对"情色电影是什么"的问题进行研究，这应该是情色电影研究的核心问题，也构成了研究的出发点和基础。

其二，情色电影发展史研究。

自1895年诞生以来，电影从无到有，作为一种艺术形态而发生翻天覆地的变化。在一百二十多年的电影发展历程中，情色电影也随之不断发展壮大。那么，电影史上的第一部情色电影是哪部？情色电影的发展迄今为止经历了哪些阶段、每个阶段的特点是什么？这种特点是由怎样的社会历史文化背景造成的？情色电影的未来发展方向会是什么？……等等，这些问题都有待我们去研究和探索。

其三，文本解读和文本比较研究。

针对某个电影文本进行深入研究，或对两个及两个以上的电影文本进行比较研究，也可以成为情色电影的研究领域之一。这里的文本比较研究可以涉及不同时期、不同国家和不同导演的作品，也可以针对同一时期、同一国家和同一导演的不同电影文本展开研究。

其四，电影批评。

电影批评作为对于电影文本的一种理性思考，是电影文化中不可或缺的重要组成部分。它和电影创作共同构成一种积极的互动关系，推动和促进电影文化的发展。而针对情色电影进行的创造性批评具有其独特的文化价值，对建构和传播情色电影亚文化具有不可替代的作用。

其五，跨学科研究。

其范围可以涵盖哲学、人文社会科学的很多学科和领域——比如哲学、文学、文化学、伦理学、社会学、传播学、人类学、政治学、经济学——这种跨学科的研究无疑会提升情色电影研究的深广度和社会意义。

其六，其他一些需要深入思考、系统研究并加以解的问题。

比如，情色电影的本质是什么？情色电影的价值何在？比如，是否可以将情色电影称之为类型电影？是否能够以其文艺性或商业性的价值取向的不同为依据，对情色电影进行更加细致的类型划分？再比如，情色电影在世俗语境中的广泛使用和传播，其原因、背景、影响、意义又是什么？甚至，情色电影这一提法本身是否科学？……所有这些问题，都在等待着我们做出回答。[①]

23.2 我眼中的十部"突破尺度"的情色电影

毋庸讳言，情色电影作为电影中的一种类型，因其"情色"内容而稍显敏感。当然，也正因为如此，写这方面的文字似乎也更容易"出彩儿"——比如说赢得更高的点击率、转贴率、回复率等等。所以，我自己也蠢蠢欲动，想借着这样一个"唬人"的标题，来争夺一下"注意力"。

---

① 本文发表于《东南传播》2009年第1期，原文题目为《作为学术问题的情色电影：何以可能》，有删改。

说到"情色电影"，应该有一个边界的。而其中的一个重要参照就应该是"色情电影"——很显然，情色电影不同于色情电影。由此，我想从两者的区分中划定"情色电影"的边界。边界确定之后，才好说事儿。

我们认为，色情电影应该以"性欲"为影片的突破口，以激发人的性欲为主要目的，进而进行比较直接的、单纯的观感刺激，换句话说，它的目的是想在生物学意义上表现人的（好吧，至少有人参与……）性活动；而情色电影应该以"情欲"为影片的突破口，以调动人的情欲为主要目的，并且利用电影语言来深入探讨人的情欲，换句话说，它的目的是高于生物学意义的、从人的情感需要、精神需要上来探讨"情欲"，可能影片中会不可避免的涉及"性"，但说到底，"性"是为"情"服务的，是为了更好的表现"情"而采取的必要手段。

下面，大致可以对"情色电影"进行初步的讨论了。正因为情色电影的重点在"情"而不在"色"，因此，更多的电影在探讨这个话题的时候，对"性"的展现尺度还是把控得比较严格的。但是也不排除，有的电影出于某种需要，很可能会突破一些约定俗成或外在规制的"尺度"——比如在《地狱解剖》的片头，导演写下了这样一句话：

片中会出现女性生殖器，但它是仿制的。因为导演认为，只有这样才能更好地表达自己的思想。

如此一来，就为我写这篇文字找到了一个"突破口"。我打算鼓起勇气，用暴露观影经历的方式，把自认为"突破尺度"

的情色电影拿出来说一说。

《感官王国》（1976）

想要说清这个电影，对我而言是很伤脑筋的。一些影评对此片给予高度赞美，就像我刚才高度赞美了《卡里古拉》那样。可能是由于我看欧美的电影太多，整个思维方式和价值观念都发生一种倾斜，这种"路径依赖"直接导致我对这部日本影片适应不良。据说整部电影的后期制作都是在法国完成的，但这也没有能够使我更好地理解影片的主旨。

从"尺度"来看，这部电影自然也是"成人电影"级的，它描写了一对男女之间的畸形性爱。为了更好地占有对方和享受肉欲，男人最终被女子窒息而死。说它嘶嘶的冒着死亡的味道倒是不假，只不过我找不到支撑他们如此荒淫的任何理由。

正因为如此，相对于接下来要谈到的《卡里古拉》和《坏中尉》而言，它的深刻程度还是值得商榷的，哪怕它的名气可能要远远胜于前两部电影。

《卡里古拉》（1979）

如果单说"突破尺度"，这个可能做到了极致，它对于尺度的突破，已经达到了"颠覆"的程度。它显然具备了"成人电影"所有的"生猛"，并且只有过之而无不及。这个片子全面的、整体的、彻头彻尾地颠覆了传统"情色电影"的所有尺度，并一举使自己成为"情色电影"世界的一座"耀眼的丰碑"。

而且，它最难能可贵的一点是，在砸烂全部枷锁、冲出所有牢笼之后，居然还可以在一个相当严肃的层面上探讨卡里古拉大帝的所作所为。影片描述了卡里古拉这位罗马帝国最荒淫、最残暴的皇帝，从弑夫篡位到死于乱戟之下的短暂一生。并且，影片把这个过程放在了一个相对宏大的社会历史背景之下来完成。

我觉得这可能是丁度·巴拉斯最优秀的情色电影作品，当然你若如我一般苛刻，那么这部电影也很可能是他从影以来惟一一部优秀的作品。

《坏中尉》(1992)

其实这部影片不大会被归类成什么情色电影的，这一点我必须承认。如果非要拿出一个理由，那我只能说：影片的剧情是围绕一起强奸修女的案件展开的，这和"情色"总算牵强附会地联系在了一起；另外值得注意的是，哈维·凯特尔在影片中"献身"了，他暴露了自己的生殖器！好吧，于是这就成了一部突破尺度的情色电影了，这也恰恰说明了解释学是一门很重要的学问。

凯特尔在影片中饰演的作恶多端、自暴自弃的警官终于因为自己的劣行而丢掉了性命，他内心深处的痛苦，相信每位观众都感受到了。强奸、吸毒、猥亵与混乱困顿的生活状态，以及纠缠在其中的各种无望的挣扎——基本就构成了整部影片的基调。在影片的结尾，警官在抓到强奸修女的罪犯之后又痛苦万分地放走了他们。看似荒唐的行为背后，是一种自我放逐与规训意志之间的较量：它直接导致了警官的堕落，也令他在堕落之中饱尝绝望的痛苦。

导演埃布尔·费莱拉应该算是美国独立电影的一面旗帜了，

辅之以凯特尔所特有的"哀鸣"，成就了这部电影——那种痛彻心扉、饱受煎熬的哀鸣。事已至此，我只能说，在这个高度机械化的体制框架内，任何一种不负责任的挣扎，后果都是严重的。

《波拉X》(1999)

在影片的后段，居然非常突兀地出现了近两分钟的、和影片色调完全不同的"成人电影"级镜头。而且说起来，按照影片的故事设定，发生"关系"的男女——皮埃尔和伊莎贝尔，是同父异母的姐弟。于是，电影因此变得惊世骇俗了。说起来，影片在此前对于两人情感的介绍是含蓄的、收敛的——可

《波拉X》(1999)

能，导演就是想用这样的方式来形成巨大的反差，以及视觉冲击吧？

靠拾荒为生的"姐姐"的到来，让小说家弟弟的人生发生了逆转，离开了优裕殷实的庄园生活，抛弃了年轻貌美的未婚妻子，跟随姐姐前往巴黎。他一心想要给姐姐提供一个全新的人生，可一切都事与愿违、每况愈下。最后，弟弟开枪打死了那个反目成仇的人，之后饮弹自尽；姐姐看到弟弟的尸体，绝望中一头撞向了急速行驶的汽车。

我猜导演莱奥·卡拉克斯一定打算用如此深沉（其实我想说的是如此一塌糊涂）的影片告诉我们什么刻骨铭心的东西，可能是因为我的疏忽而错过了，或者，他的这种企图本身就并不明智。

《罗曼史》（1999）

影片中的这种"突破"可能集中表现在女主人公"分娩"的场面吧？虽然只有一秒多钟（可能更短）的时间，可那种巨大的视觉冲击还真是令人震惊。卡琵琳·布雷亚从一开始就没打算让我们快乐，是的。女主角在影片中的种种遭遇与追逐，带有明显离经叛道的味道。而这种背离，被导演讴歌成了女性觉醒的一种表征。其实这个男权主义世界的确令人厌倦，可问题在于，没有必要非得用如此尖锐的方式来说明这个问题，否则问题很有可能会滑向另一个极端。

女人的分娩和男人的死亡形成一种鲜明的对照。我只想知道，这种对照究竟快慰了谁的感官？

《法国悲情城市》（2000）

我想，看过这部电影的人一定支持我的关于"突破尺度"的说法的。的确，这部电影并不避讳"性"，甚至，对于片中"性活动"的展现方式上，真正是以色情电影中的"成人电影"标准加以运作的。但是认真想想，其实电影也还算严肃的探讨了两位女性由体制重压下的受支配者演变成打算颠覆体制的"革命者"的过程。

有人总是强调电影中的两位"悍妇"怎样报复男权世界，其实在我看来，她们是混乱的，没有把性别作为尺度，只是随机杀人——很显然，被她们杀害的人是不分男女的。

有人说这部电影可以称为成人版的《末路狂花》（1991），但从深度、广度，以及引发思考的层次来看，《法国悲情城市》比《末路狂花》还有着相当长的一段路要去走。

《钢琴教师》（2001）

说起来，如果偏要说这部电影突破了某种尺度，可能更多是表现在钢琴教师所观看的色情电影的内容。只不过它作为影片的一个片段而存在，才导致我要把它入选在这里。在这个维也纳音乐学院的钢琴教授身上，我们看到了她不为人知的另一面：她渴望得到爱情、渴望性爱，可惜她不得要领，一再错过。她希望弥补自己失去的一切，当那个男学生对她表示暧昧时，她相当兴奋。然而一切都不像她想象中顺利——她幻想中的一切以及由此带来的满足，很快就被现实中的"实践"扼杀掉了。她是病态的，而这种病态显然来自现实生活的压抑。

《钢琴教师》（2001）

顺便说一句：影片中的钢琴不错，简直完美。

《戏梦巴黎》（2003）

　　大导演贝纳多·贝托鲁奇在影片中探讨了三个电影的狂热爱好者之间的情感纠葛，两个男孩都喜欢同一个女孩，而其中的泰奥和伊莎贝尔（额，我注意到这部不伦之恋的女主人公也叫伊莎贝尔……）还是孪生兄妹。导演把故事放在 20 世纪 60 年代的法国巴黎，并把法国"五月事件"作为故事的背景。

　　电影从美国留学生马修的视角来看待这对孪生兄妹间的情感，后来马修也不由自主地爱上了伊莎贝尔，之后，三个人之间的恋情以令人费解的方式展开了。而就在他们沉溺于声色享乐的日子里，整个国家发生了巨变，工人在罢工，街道上充满了游行示威的人们。

之后，这对孪生兄妹毫无缘故地投身到游行的行列之中，而马修却被冷落在人群之外——于是，他又回到了影片开始时的那个旁观者身份，路过这里。

从"尺度"来看，影片毫不犹豫地展现了男女的生殖器官。也许这也该算做一种"突破"吧？

《情欲九歌》(2004)

没想到表面拘谨而严肃的英国人拍起情色电影来，也会如

《情欲九歌》（2004）

此直率、感性和唯美。以致于连导演迈克尔·温特波顿本人都承认，这是英国主流电影中在性方面展示最为露骨的一部。性爱、南极、摇滚演唱会之间的穿梭交替使我们得到了比预期更加丰富的观影体验。苍茫的白雪，狂躁的音乐，唯美的性爱——这几乎就是电影的全部了。

说起来，这可能不是一个好故事，但应该可以称之为一部好电影。

《地狱解剖》（2004）

好吧，我承认影片对于女性外生殖器的展现达到了无以复加的程度。虽然，古怪生硬的语言表达方式，简单到简陋且令人费解的故事情节，以及男女主演在影片中的那些莫可名状的行为冲动，都没能给出支撑这种

《地狱解剖》（2004）

"展现"的充分理由。看起来影片正像导演在片头所说的那样，似乎要表达某种"思想"，可我总觉得导演除了通过对女主角的控制进而牢牢地掌握着影片话语权之外，电影并没有表达过什么真正的思想。

影片的表达手段显然超越了它所要表达的内容，于是，除了那些令人心有余悸、挥之不去的影像碎片，我们什么都没有得到。

……

最后还想说明的是，如果哪位朋友喜欢的是"色情"电影，特别是那种基本没有什么"尺度"可言的爱情动作片，那么我要告诉你，恐怕这里列举的所有电影（除了《卡里古拉》）都会让你非常失望。无论如何，再怎么"突破尺度"的情色电影毕竟也是要以"情"动人的。

所以，千万不要把这里列举的电影作为满足你寻求感官刺激的工具。我必须要说，在这个方面，这 10 部电影的"能量"还是非常有限的。

23.3 《云上的日子》：让我们用性爱去逃避孤独

据说在这部影片中，安东尼奥尼想用四个迥异的故事来探讨艺术电影的真谛，然而就我的感受来讲，影片的叙事方式和它所要谈论的问题同样让人感到困惑。也许，只有像他这样的大师级人物才可以用这样的方式来探讨问题吧？

安东尼奥尼是个老顽固。他可以把人弄得怒不可言，但他绝不会让人厌倦。每个人都知道电影对他（也许，对于我们中的一些人也是这样）意味着全部，这也使得我们对这位老人充满敬意。虽然不很理解，却有着天然的亲近感和崇敬感。

卡门与席尔瓦诺的性爱近乎神来之笔（写到这里，我突然想到了张艺谋《红高粱》中的经典"野合"，哈哈），唐突却也从容。苏菲·玛索和"导演"那场"激情戏"（请允许我使用这样一个恶俗的词语），苏菲美得炫目——好吧，我们终于看到了一直想要看到的她的正面裸体。

可转念一想，之后又能怎样呢？除了继续孤独，我们真的毫无办法。苏菲的眼睛里充满了忧郁和放浪，而忧郁是优秀的伴生品，放浪则是孤独的产物。影片中的几段晦涩难言的情感，每段都以性爱收场。也许，语言讲不清的，要靠性来补充，靠性来维系，靠性来了断。

很明显，在安东尼奥尼那里，"性"成为一个极具象征意义的存在。它是梦想，还是梦想的破灭？它是我们赖以生存的信仰，还是让我们颠沛流离的欲望？

好吧，让我们在身体的快慰中体验孤独，在沉重的肉身里

《云上的日子》（1995）

寻求超越。

23.4 《不可撤销》：只可惜，时间已然摧毁一切，无可挽回

如果你知道（相信你一定知道）《不可撤销》（2002）的主演是莫妮卡·贝鲁奇，那么，你一定会比看我的文字更期待看到这部电影。

但是这次真的有点不同：我必须得提醒你注意一下这部电影的杀伤力。是的，导演用最让观众难以接受的拍摄方式，讲述了一个同样让观众难以接受的故事。就个人的观影过程来说，我是非常非常吃力才算勉强看完这部电影，中间还有一些桥段实在令我坐立不安，只好快进了——可我一直固执地认为，这是一部深度分析暴力与人性的情色电影。

影片所要讲述的这个故事似乎是被随意切割成混乱无序的碎片然后糅杂在一起的，好在我们总能从一个个小小提示之中找到线索，把这些碎片拼接组合成一个完整而简单的故事。其实片子并没有故弄玄虚，说来说去，它只是倒叙而已。然而必须承认，它太过"直白"了。这种让人上头的直白足以敲碎我们内心残存的最后一丝美好幻想——如果你的胃足够强大，那么恭喜你，你可以熬过令人眩晕的影片前段。

然后，镜头终于不再摇晃了，但内容却变得触目惊心：开始是不断砸向头部的灭火器，后来是接近十分钟的长镜头，固定机位，冷静而客观的记录——强奸。导演似乎铆足了劲要把大家不敢直面的所有"邪恶"全景呈现，一枪爆头，绝不给我

《不可撤销》（2002）

们留有任何余地。

这是一部令人难忘也令人望而生畏的电影。只是到了影片结尾之处，也就是故事叙述的开端，一切终于灿烂美好起来。在经历了几乎整部电影的折磨之后，这个结尾（或者开端）令人印象深刻，有种劫后余生般的震撼。

只可惜，时间摧毁了一切，不可撤销、无可挽回。

23.5 补遗：《大开眼戒》

这是库布里克的最后一部电影。单调的钢琴、缓慢而诡异的剧情，让我们透过汤姆·克鲁斯的英俊面孔和妮可·基德曼的完美身材，得到了一次不寒而栗的观影体验。库布里克一定是想通过这部影片告诉我们一些不为人知的事情的，只是我们太过愚钝，也太过麻木，错过了一切。

除了惊艳。

《大开眼戒》（1999）

文本比较：两篇伪装成老司机的
影评习作

人的欲望是无穷的，永远不会满足。就拿眼前的电影随笔这回事儿来说，从开始时只言片语的稚嫩胡扯，到后来长篇大段、一本正经的电影批评；从暴力电影到情色电影，从剧情介绍到结构分析，从现象枚举到路径选择……正如你们一路看过来的那样，我在自以为是的道路上越走越远了。以致于到了现在，我终于要伪装成老司机，开始大言不惭地进行电影文本比较了。

好了，上来吧，我们开始飙车！

24.1 《饭局也疯狂》与宁浩"疯狂"系列电影：一个
比较的视角

看到名字就知道《饭局也疯狂》（2012）会是一部喜剧电影的，更何况还有范伟的加盟；另外从"疯狂"的字面，以及刘桦和黄渤这两位主演的名字，也很容易让人联想到宁浩那两部非常招摇的"疯狂"电影——《疯狂的石头》（2006）和《疯狂的赛车》（2009）。话说宁浩这个比我还要小上两岁（好吧，我又一次暴露了自己的年纪……）的导演还真是个人物，对我而言，他的电影甚至比张艺谋的更值得期待。

鉴于这部电影和宁浩"疯狂"系列电影有太多"雷同"之处，而且这种雷同又的确构成了这部商业电影赚钱的重要噱头——我相信很多人是冲着"刘桦＋黄渤"的黄金组合，以及由"疯狂"的字面所带来的美好想象而走进电影院的。所以，我打算从这两者的比较入手来说自己的想法。

总体而言，虽然《饭局也疯狂》在很多地方明显带有模仿宁浩"疯狂"系列电影的痕迹，但是令人遗憾的是，几乎所有这些模仿都成为《饭局也疯狂》的缺点。充其量，《饭局也疯

《饭局也疯狂》（2012）

狂》只不过是一个山寨版的"疯狂"电影。

论剧本创作，我曾不止一次地建议国内电影人应该杜绝浮躁、回归剧本，这一建议对于《饭局也疯狂》依然非常适用——如此粗制滥造的剧本和宁浩根本不在同一个档次上，依靠这种剧本而对赚钱的任何一种美好预期，都只能是非分之想。

论拍摄手法，《饭局也疯狂》太想出彩了，它试图站在宁浩"疯狂"系列电影的肩膀上来实现这种跨越。于是，几乎在影片播放的每个时段里，那些令人眼花缭乱、头晕目眩的画面总是想尽办法来轰炸我们的眼球。可现在的问题在于，这些拍摄手法并未被成功地统合起来为影片的主旨服务。它们各自为战、彼此分殊，像是一群野性未驯的烈马那样左冲右撞。这种疏漏不仅破坏了导演对于作品风格的追求和影片节奏的掌控，也让这部电影从宁浩"疯狂"系列电影的肩膀跌落到了它的脚下。

论叙事的技巧与水平，事实证明，尚敬驾驭这种多主体、复线性叙事的能力要远远逊色于宁浩，哪怕论年纪，他几乎可以给宁浩当爸爸了。而且，《饭局也疯狂》还刻意给自己弄上一个大团圆的结尾，这个结尾显然有些画蛇添足，也对影片叙事的整体性构成了一种打击。

反正在我看来，尚敬试图在自己并不擅长的领域里以模仿的方式来寻求突破的野心，从一开始就是十分荒谬的。这一问题也直接导致了《饭局也疯狂》的全部努力，最后也只能是往中国并不景气的电影产业"稀粥"里，又掺进了一碗可有可无的凉水。

当然，我这么说，也并不是认为《饭局也疯狂》就是一无是处，宁浩"疯狂"系列电影就是完美无瑕。如果情况果真如此，那这两者也就没有比较的意义了——这就好比让我和范伟比体重一样，哈哈。其实，《饭局也疯狂》有它的力量，而且这种力量也恰恰是宁浩"疯狂"系列电影中最为缺少的。惟一的问题只是在于，这种力量并不能给《饭局也疯狂》带来商业上的成功。

《饭局也疯狂》的力量在于它对时下中国社会乱象的辛辣嘲讽与冷眼旁观。影片中的很多角色都太具典型意义，以至于我们随时都能找到可以对号入座的人。社会稀缺资源可以通俗地理解为权力、金钱和知识，拥有它们的数量和质量，日益成为衡量一个人成功与否的核心标准。它们魅力非凡而又彼此欣赏，占有了其中的任何一个，就很容易去勾引其他两个。而且，中国社会的乱象在于，哪怕你假装拥有这三种资源中的一种，只要你善于经营和作秀，你很快就能真正得到它们。

高深莫测的"大老总"假装拥有权力，一副高官气派，谈笑拿捏之间，以寻租假权力的方式攫取真金白银；谭大师假装拥有知识，每每以挥斥方遒、指点江山之名去行苟且之事，骗取崇拜、捞取金钱。说白了，他就是一个拉皮条的，通过在稀缺资源拥有者之间提供中介服务的方式来谋取利益；煤老板小蔡看来是货真价实的拥有金钱了，可他穷得就只剩下钱，毫无品味不说，辨别能力也巨差，每每用真金白银去逢迎假权力、假知识。充其量，他只是在用自己的言行去印证"没文化，多可怕"的观点。

说到底，《饭局也疯狂》是用一种夸张到了疯狂的方式去嘲讽社会乱象，旁观世间百态。影片在着力展现饭局中的喜怒哀乐、丑态人生的同时，也在冷眼窥视他们苍白无力、无所皈依的内心世界。如果从这样一个角度入手，可以发现《饭局也疯

《疯狂的赛车》（2009）

狂》其实隐含着一种可贵的人文气息，担当着一种难得的社会责任；而宁浩"疯狂"系列电影只是在全力以赴地迎合市场需要，致力于极致的、彻头彻尾的娱乐化。这也使得宁浩"疯狂"系列电影有形式大于内容之嫌。好在，它也不是为了追求内容而拍摄的。因此也无所谓。

24.2 《特工绍特》对比《哥伦比亚人》：反正我是喜欢后者的

先说一下两部电影的相同点：

其一，都是孤胆英雄了，属于孤军作战的类型。而且能力都超强，没有她们干不成的事儿。想杀谁就杀谁，想怎么玩就怎么玩，谁也奈何不了她们，很过瘾的样子。

其二，都是经过长时间的专业训练之后才出道的，从小就开始训练，估计非常艰苦非常勤奋，之后摇身一变，会当凌绝顶，一览众山小了。

其三，都有男朋友，都有看上去很美的感情生活。而这一点也都成了片中女主角的弱点——无论做特工还是杀手，她们应该都是隐形人，感情生活对她们来讲实在危险，害人害己。而她们的男朋友在两部影片剧情的发展中都起到关键作用。每个叱咤风云的女人背后都有一个温柔如水、情深似海的男人，这一点很让人受用，并且充满难以启齿的幻想。

其四，都有复仇情结。虽然复仇的原因和对象不太一样，

《特工绍特》（2010）

但是很显然，复仇是支撑她们继续前行的力量源泉。

其五，最后都成功脱身了。没有牺牲，也没有接受所谓"正义的审判"。逍遥法外是一件多么让人羡慕嫉妒恨的事情啊。必须承认，这一点很感人，符合观众内心期待。

其六，客观地讲，两位主演，无论是安吉丽娜·朱莉还是佐伊·索尔达娜，她们都非常性感。而且这一点显然也是这两部影片的重要卖点。

现在，我想再说一下两部电影的不同点——我试图说明，正是由于两者间的这些不同，才让《哥伦比亚人》（2011）比《特工绍特》（2010）更好看。

其一，《特工绍特》的剧情有点过了，夸张到玄虚了，一会杀俄罗斯副总统，一会杀美国总统，还打算启动核武器，还要在意识形态上做做文章。我想说的是，当一部娱乐电影想要撑起太多欲望和野心的时候，它往往都会费力不讨好。

相比之下，《哥伦比亚人》的剧情就亲和许多，哪怕它比较俗套。事实上，这样的复仇剧情非常贴近现实生活，线性叙事不会给观众理解影片造成障碍，而且影片在展现这些剧情的时候，和卡塔丽亚杀人的手法一样干净利落。就是一个简单而纯粹的复仇故事，却很容易博得观众的认同、同情和理解。

其二，在女主角外在形象的设计上，《特工绍特》要明显比《哥伦比亚人》更下功夫，但这却是一个缺点。说句不客气的话，《特工绍特》都成了安吉丽娜·朱莉的个人时装／身材秀了。这样就太过张扬了，有形式大于内容之嫌。

《哥伦比亚人》在处理这一问题的时候要低调很多，虽然在每一个可能的时刻里，佐伊·索尔达娜也要大秀性感的，可这些情况总是和剧情的走向比较搭，看着舒服，也合情合理。

其三，在女主角内心世界的展现上，《特工绍特》就相形见绌了。这一点也构成《特工绍特》的最大败笔。这部影片的剧情设计过于跌宕起伏、百转千回了，却唯独忽视了对于女主角内心世界的展现。影片没给绍特个人性格的呈现留下太多余地，观众在整部影片中就只能跟着绍特马不停蹄地狂奔，却没有机会感受一下她那本该丰富而充盈的内在。

相比之下，《哥伦比亚人》在对女主角卡塔丽亚的性格塑造方面下大力气了，这个坚强、勇敢、果断而又聪明的小女孩从一开始就紧紧抓住了观众的心，人物性格非常饱满，及至成长为冷血杀手之后，她依然是有血有肉、丰富而生动的。

其四，《特工绍特》还面临着一个"无立场"的问题。也就是说，绍特所做的一切究竟是代表着正义还是邪恶？这一点很重要。她效力于一个非正义的秘密组织，哪怕是在她杀死了这个秘密组织头目的时候，我们依然没有明确感受到她的立场：因为她还在执行着这个头目交代给她的任务，而且依然奋不顾身、赴汤蹈火。只是到了影片结尾，在核弹快要启动的时候我们才看出绍特的立场，而这个立场究竟是出于公心还是私愤，也不得而知。

《哥伦比亚人》则完全不存在这个问题。幼年时期的卡塔丽亚父母双双被杀，这一标志性事件使得她的复仇动机简单明了，立场坚定执着。而在她成为杀手之后，被她杀害的又全部都是十恶不赦的混蛋。别以为这一点不重要，也不要认为这样的剧情比较小儿科——要知道观众的是非善恶观念不是一部电影就能改变的，不要轻易挑战这一点，理智的选择是应该向观众的伦理倾向妥协。得人心者得天下啊，对于影片而言，起码得人心者能得票房吧？

所以我更喜欢《哥伦比亚人》，因为它简单纯粹，因为它对女主角内心世界的展现生动而饱满，因为它有自己的立场。我把这部电影存放在我的电脑硬盘里，虽然我不确定以后还会不会再次欣赏它。而《特工绍特》呢，看完之后，我毫不犹豫地把它删除了。这就是我的立场。

……

最后再说下那个少女时期的卡塔丽亚吧。虽然戏份不多，但是我相信她一定给观众们留下了深刻印象。而且作为影片的铺垫，她的表演太成功了。这个女孩将来必成大事的，这一点毫无疑问。

《哥伦比亚人》（2011）

一句话影评：和那些落寞的影像
擦身而过

这里收集的是我在过去十七年间零散写下的有关电影的只言片语，是我在和那些落寞的影像擦身而过时，留下的点滴印记。它们散落在网易博客、微信朋友圈、小木虫论坛、QQ空间和好友聊天记录里，而其中大半都已遗失。显然，寻找它们要比重写它们艰难很多，可我还是固执地坚持了一下。因为在我看来，这只言片语里记的不只是电影，也不只是流年，而是一种隐秘而真实的存在方式。

在某种意义上，那是我的灵魂得以存在的方式。

《勇敢的心》（1995）

现代战争是用天文数字的资金堆积起来的精确野心，讲究策略、技巧和粉饰。可它远不如这部影片中所呈现的13世纪末苏格兰人民反抗英国高压统治的战争来得残酷、惨烈和荡气回肠。在这部波澜壮阔、气势恢宏，怀有浓厚爱国主义情结的电影史诗巨作里，我们大抵知道了自由的代价——随着华莱士响彻云霄的最后一声呐喊，被终结的也许并不只是这场自由之战，还有在蛮勇武力之下隐忍生存的勇气和毅力。

《末世纪暴潮》(1995)

一部充斥狂乱、妄想、迷醉的悬疑科幻电影。朱丽叶特·刘易斯在这部电影中和她在《天生杀人狂》(1994)、《爱情DIY》(1999)中有着同样出色的表现。她在舞厅的狂躁气氛中演唱朋克的两场戏，着实令人印象深刻。整部电影被无望而又焦灼的末世情结包围，一切都显得如此疯狂而又如此合理。

《一级恐惧》(1996)和《致命ID》(2003)

同样作为探讨人格分裂的犯罪类型片，这两部电影还是很有新意的。前者靠爱德华·诺顿的演技征服了观众，后者则靠出人意料的犯罪真凶(应该说是犯罪人格更贴切些)的最终登场而惊艳四座。

《危机最前线》(1997)

如果你想了解新闻界的阴暗面，就去看这部电影；如果你想了解人性的阴暗面，就去看这部电影。一场人为制造的悲剧，因体制的冰冷而残酷上演。就像达斯汀·霍夫曼所饰演的记者在片尾处所言：是我们谋杀了他。

《十一罗汉》(2001)

这部电影我看过至少三遍了，原因在于它非常酷，构思巧妙，计划本来算是天衣无缝的，可执行起来却漏洞百出。也正因为如此，当这个团队终于有惊无险地实现了他们的愿望时，那种成就感、那种自我实现的喜悦，确实令人难以忘怀。显然，那些"闪失"增加了影片的真实性，而那些机智而又诙谐的对白，那些笑里藏刀的告诫，更是增加了影片的观赏性。是叫索尔吧，那个假装的欧洲军火商——哈！这个老家伙实在太可爱了，当赌场老板邀请他观赏拳击比赛时，他不屑一顾地说："我对赤手空拳的较量不感兴趣"。哈哈，这也太机智了。确实像一个不折不扣的军火商呢。

《撞车》（2004）

重温这部影片的几点感悟：

其一，偏见有多深，沟通就有多难。

其二，奥斯卡错过了太多优秀的电影，好在，它没有错过这一部。

其三，生活如此沉重，尤其当你不得不生活在洛杉矶这座

《撞车》（2004）

"天使之城"的时候。

其四，只有真正的英雄主义者和失败主义者才能适应现实，因为前者无原则地热爱它，后者无底线地接受它。

《007之皇家赌场》（2006）

虽说这届007没有皮尔斯·布鲁斯南帅气，但他有他的风格，而这种风格又恰好可以延续007系列电影的辉煌。在影片开始时的那段追逐戏气势磅礴，这位007"追人"的精神在某个时刻里，竟然让我联想到了《终结者2》里那个不屈不挠的液态金属人。而且，这位007不再是个典型的花花公子了，人家有真爱的，还居然为了那个女子要辞职呢，哈哈，这真是很有意思的情节了。多亏这个女子后来牺牲了，否则，这007系列电影以后就没有续集可以看了，有的就只是甜蜜热辣的假期了，也是蛮惆怅的。

期待他的《007之无暇赴死》（2020）。

《超市夜未眠》（2006）

和那些惊艳的裸体相比，影片结尾一定会更加令你浮想联翩，相信我——想想吧，时间为你们（注意！你们是情侣哦）静止了，而你们穿过人群，穿过街道，在被漫天雪花（注意！是静止在空中的雪花哦）点缀的夜空下，深情拥吻……这该是最浪漫的电影桥段了吧？另外，男主角不厌其烦的大段独白在影片开始时会让我们厌倦，然后逐渐适应，而到了影片的结尾处，这些别致的独白甚至还会让人动容。

《超市夜未眠》（2006）

《潘神的迷宫》（2006）

其实我更愿意相信影片中的那些和"童话"相关的桥段只是发生在小女孩的脑海中。这样一来，影片的悲剧色彩就会更强烈些——没有置之死地而后生的喜悦，没有精灵的指引，也没有可以帮助妈妈摆脱病痛的人形植物，只有残酷的、阴暗的、冰冷的现实。当然，这只是我的理解，无可否认，我是一个悲观的人，在看电影的时候，不免会带入这些个人的情绪和判断。

《迷雾》（2007）

也许影片的结局是它惟一的亮点吧？类似题材的电影真的有好多部了，雷同的情节和桥段也有好多，而真正成就这部电影的，是它的结尾——如果你能熬过那个女士关于宗教信仰以及末日审判的喋喋不休，能忍受满屋子人毫无秩序、毫无组织

地进行所谓自卫和反攻的拖沓情节，那么，影片的结局无疑是对你的坚持做出的最好补偿。在人类取得最后胜利的恢宏背景之下，更加映衬出主人公一干人的悲壮与绝望。主人公没有死，是的，他没死——可他内心所经历的，相信比所有死去的人都要来得更加惨烈。

《浪潮》（2008）

让一个普通人变成法西斯，在政治狂热中迷失方向需要多久？电影给出的答案是……一周！重点在于，影片是根据真实事件改编的。

好了，你可以哭晕在厕所了。

《霍顿与无名氏》（2008）

不能因为我们没有感觉、没有同理心，就轻易忽视某个生命的存在。不能因为那种快乐或者悲伤不是自己的，就不屑于它的真实性。当霍顿在数以亿计的"苜蓿海洋"中苦苦寻找无名镇时，那种敢于担当的勇气和信守承诺的决心，足以令很多人汗颜；当生活在无名氏的所有居民共同发出了"我们存在！我们存在！我们存在！！"的呐喊时，我们会被生命的力量所震慑——是的，无论多么渺小，生命就是生命，生存就是一种与生俱来的权利。说这部电影充满了人文关怀是不过分的，而且，那种完美得有些虚伪的结局，好歹也算了却了我们内心的一份牵挂。

寓教于乐是电影教化的长项，却不是每部影片都会像《霍顿与无名氏》做得这么好。

《建国大业》（2009）

是在中国电影博物馆看的这部电影，去的那天刚好赶上了"中国电影一百年"的大型展览，运气很好。在看这部电影的时候，更多的注意力是被不断登场的各色明星所吸引，熟悉的面孔和陌生的装扮，看着新鲜。至于那段纷繁复杂的历史被浓缩在一百二十分钟的时间之内来呈现，能拍成这样也就已经很棒，我们不能有更多的奢望了。在影片中走马灯一样的人来人去，在某个层面，像极了我们的人生。

《守望者》（2009）

正义与邪恶从来都不是二元对立的，只是在更多时刻里，我们为了一己之私而忽略了这一点。

《风声》（2009）

影片最后往高处拔的那个桥段，就个人感受来说，还不算拔得很离谱。那种为了心中的"主义"而历尽磨难、从容就死的精神，的确非常具有感召力。庆幸的是，那段血雨腥风的历史已经成为了历史。和平年代就是好，可以奋斗而没有牺牲，多好。如果有生之年不会遭遇血雨腥风，只平淡走完这一生，也算是种圆满了。

《永无止境》（2011）

是的，我们曾有太多的梦想随风而逝。而电影的魅力在于，它可以帮助我们实现梦想。就像现在的这部电影——哪怕在影片结束的时候，我们又被留在了这个惨淡的现实里。

《了不起的盖茨比》（2013）

你真的以为它在讲述一个凄婉的爱情故事吗？你什么时候变得这么天真了？不，不是的，那里没有爱情，只有我们荒诞而徒劳的人生。

《模仿游戏》（2014）

一个天才的悲剧命运让我们懂得，个人永远逃脱不了他的社会历史性。因此，缔造天才的最好的时代，往往也是扼杀天才的最坏的时代。

《星际穿越》（2014）

比较《盗梦空间》（2010）的缜密和《蝙蝠侠：黑暗骑士崛起》（2012）的风格化，这部电影的亮点在于它剧情的开放性，以及无处不在的硬核天体物理学科普。当然，看诺兰的电影一贯很烧脑，这部也是。

好在，他从未让我们失望过。

《后会无期》（2014）

这是一个描述人在旅途的经典寓言。我们一路找寻所谓的事业、爱情、梦想、希望……而当我们终于来到路的尽头，却不得不面对这一切的破灭。最惨的是，它们已然一一错过、后会无期。

《终结者：创世纪》（2015）

卡梅隆的缺席让它成为一部注定会带给我们失望的电影，我们走进影院的意义在于缅怀。

《夏洛特烦恼》（2015）

时光倒流二十年，看看我们错过的爱情、错过的人生。哪怕现在和未来早已被名利劫持，至少我们还曾拥有一个清澈明亮的过去。

《百鸟朝凤》（2016）

现代化以辗压传统的方式奔向一个极不确定的未来，这里惟一可以确定的是——曾经漫山遍野的纯净，现在只能被瓶装把玩。当我们习惯于用"没有时间"来掩饰"没有勇气"，用"一群人的狂欢"来包装"一个人的孤独"，扪心自问，这真的就是你想要的未来吗？

《速度与激情：特别行动》（2019）

两个假装成死对头的家伙全程装酷扮帅，全能自恋而又确实在影片的最后做到了……全能。

26

无论热爱，还是逃避，我们需要它在

好多年前了，我还在家乡的高校当老师那会儿，有次感冒在诊所输液，一个学生发来短信，大概意思是：老师，你也这么喜欢看电影啊，喜欢看电影的人都是热爱生活的人！我回复的是："也许，逃避生活的人更喜欢看电影。"我真的不是有意要去怎样，实话实说而已。回想人生的那个时段，成家立业、共享天伦，一切都是四平八稳的样子，可我总觉得缺少了点什么——生命是一团欲望的火焰，从不停歇、永不满足，这是宿命。

无论用来热爱，还是用来逃避，至少，电影能让我们透上一口气吧？

26.1 没有电影的世界，我们靠什么抵抗这苍白无力的现实？

一直固执地认为，看电影，是种更为真实的生存方式。

它带给我们太多意外的惊喜，让我们在一次次的观影体验中，维持自己本真地存在。

　　之后，我们轻装上阵，在"现实"这片偌大的海域，施展拳脚、捞取功名。

　　我们别无选择。

　　我们希望过得随性，天马行空、自由自在。很明显，这符合我们的本性。可事实上，我们真的没有选择。否则，我们为什么会如此矛盾？当我们越来越背离自己曾经的梦想，当我们一次次面无表情的涌进人海，淹没在滚滚人潮之中，我们凭什么认为自己正在真实地存在着？

　　我们不断挣扎着，一个枷锁被砸碎了，另一个枷锁又将我们俘获。我们可以选择的是自己应该在哪种枷锁下生存，却无法选择无枷锁的生存。这就是我们的悲剧：就像在《楚门的世界》(1998)中的楚门。

《楚门的世界》(1998)

我们不甘心，却又无法逃避这种与生俱来的命运之谶：人生而自由，却无往而不在枷锁之中。

我们希望自己的枷锁变得华丽一些、精致一点，于是，我们开始奋力前进。我们努力让自己变得完美，我们努力融入这个物质丰富、精神贫瘠的世俗，并尽力捞取一些可以美化和包装枷锁的材料。我们希望自己在聚光灯下道貌岸然地慷慨陈词，我们盼望成名立万，我们想要受人尊敬……

可是，我们需要休息。我们想要获得一种更加真实的生存，好使我们的困顿显得暂时美妙。

我们一方面全身心地融入现实，一方面又畏惧它，害怕被它完全吞噬——因为那样的话，我们就成了某种机器了，这实在太令人恐怖了……

我们得找到一种让自己的生存变得尽量"从容"的方式。我们一面投入现实，一面抵抗现实——这是我们每个人不得不面对的尴尬处境。那么，我们依靠什么抵抗现实，又不至于毁掉自己的现实生活呢？

其实，可供我们选择的方式并不比我们想象中少。音乐、电影、文学、摄影……这些充斥在现实生活中的比比皆是的无用之用，可以在我们抵抗现实的同时把我们嵌入在现实——它会让我们产生依恋，从而和现实保持一种若即若离的默契。这是我们需要的方式，也是最安全、最稳妥的方式。

于是，电影就成为我们很多人的选择。我们利用影片中的"人造现实"抵抗现实。说来说去，我们逃不出自己命运的怪圈。

我们通过看电影，以及喜爱电影周边产品的方式，让自己的现实生活看起来花枝招展、分外妖娆，之后，我们又全身心地投入现实之中去生存。

有时感觉恐怖——假设没有电影，我们怎么办？

这有点像《阿甘正传》（1994）中跟随阿甘奔跑的人们。我们就是跟随电影这个白痴的跟跑者。假设突然没有了电影，我们怎么办？

所以，其实问题一直没有得到解决。我们曾经以为自己成功地解决了那个可怕的命运之谶，可事实是，我们只是运用

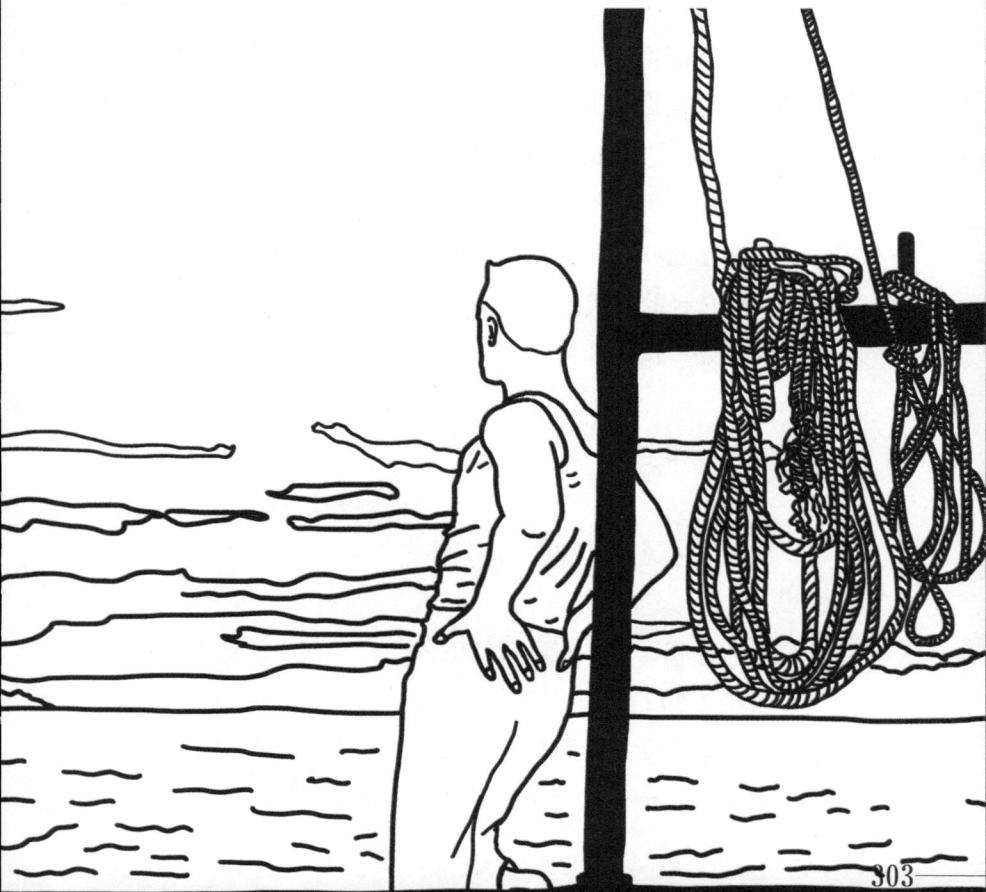

"看电影"的方式暂时地忘记了这个问题。假设没有电影，我们会像被打算回家的阿甘晾在路边的跟跑者一样尴尬和可笑。

要不，我们去喜欢音乐？问题还是一样的。无论我们选择这个现实生活中的哪一种"人造现实"来逃避现实，都无法摆脱一个悖论：这种方式本身就是由现实生活制造出来的。我们只是换了一种被现实操控的方式而已，却永远无法摆脱这种操控。

千万别介意我用这样一种令人费解的方式说出了一种与现实格格不入的观点。可是，我们还能怎样？除了用这些平庸抑或深刻、华丽抑或阴暗的记录电影的文字来隐藏或者暴露我们的尴尬，来反讽和形容我们的遭遇，我们还能怎样？除了用自己对电影的执着和偏执来抵抗现实，进而让现实更加冷酷的嘲讽我们之外，我们还有别的选择吗？

现实是这样一种东西：它帮助你存在，也用这样一种似乎是你自愿选择的方式，毁了你。

而你并不知道真相。

26.2 电影和梦想

就像《女魔头》（2003）中的主人公艾伦那样，我有很多梦想。

自然，和这世界数以亿计的人一样，其中的绝大部分梦想早已无法实现了——比如成为歌手、诗人、畅销书作家、政府官员，或者其他什么花枝招展的人；还有一些梦想，现在不具备实现的条件——比如发行自己的原创歌曲作品专辑，在权威期刊发表自己的论文，成为自媒体大咖……但是，眼前的小目标小梦想，总得要去努力争取、努力实现，比如出版眼前的这本电影随笔集。

好吧，我真的不希望自己和上面提到的那数以亿计的人一样，逐渐忘记梦想，被庸碌生活所淹没，成为走进人群就立刻消失其中的那些人。当然，从某种比较邪恶的角度看去，正是由于他们没有发现自己所擅长的，没有激发自己的潜能和野心，没有思考自己人生的价值和意义，才让我的那些梦想，有了美梦成真的一线生机：是的，别说我残忍，正是由于他们的庸碌无为，才让我的追梦之旅摆脱了几乎全部竞争对手，以至于问题简单到了——我只要战胜自己，就可以实现梦想。

我能战胜自己吗？

——想甘于平庸，尝试荒诞不经、为所欲为，放纵甚至堕落，并享受痛彻心扉的绝望。于是，我需要《离开拉斯维加斯》（1995）、《美国丽人》（1999）、《梦之安魂曲》（2000）这样的电影。电影中的一些人、一些事，满足了我的这种无耻需求。

——想成为歌手，一面放荡、麻木、痛苦、嚣张，一面接受别人的顶礼膜拜。于是，我喜欢《大门》（1991）、《一往无前》（2005）、《爆裂鼓手》（2014）这样的电影，它们实现了我的又一个无法企及的梦想。

——想寻求刺激、抛开管束、宣泄欲望，于是，我流连于《搏击俱乐部》（1999）、《剑鱼行动》（2001）里的狂妄和自信。当然，我也会被《洛基》（1976）、《肖申克的救赎》（1994）、《铁拳男人》（2005）里的主人公们深深感染，因为，他们在影片中成就了我在现实生活中无法成就的一切。

《肖申克的救赎》（1994）

电影是麻醉剂和减压阀——它用自己独特的方式帮助这个世界绝大多数像我一样平庸的人，找回业已丢失的自信和早已失去的勇气，也可以让我们用最小的付出而在影像的世界中尝试各种生存方式。

我不想摆脱它，也不能沉迷它。它可以用来舒缓压力，但绝对不能成为我逃避现实的方式。好吧，我必须战胜自己，在现实世界里，以真实的方式，实现自己的梦想。

26.3 十分变态的想法，被电影激发

—1—

看《十二宫》(.2007) 的时候，有种感觉很是强烈：我突然希望自己能够成为被这个杀手（也许是两个杀手？）干掉的人之

《十二宫》（2007）

一。必须是死得透彻的，不会有丝毫幸存的机会。就像片头部分被射杀的那个女孩。

那样真的很好，人生的结尾接近完美——意外突如其来，戛然而止。于是，我就不必用残留下来的漫漫无期的生命，去为此前生命的付之东流而惆怅了，那样很好。就没有机会去思考那些令人倦怠的事情了，那样很好。也没有机会计划人生，追寻存在的价值和所谓的意义关怀了，那样很好。

从未想过自杀之类的事情，现在不会，以后……好吧，以后可能会选择安乐死。可坦白说，这丝毫没有破坏我对自己生命戛然而止的向往。

我喜欢那种突如其来、不用告别，也就没有遗憾的方式……

—2—

每天都学到很晚，虽然效率一直低下。于是，一个变态想法横空出世，强悍地占据了我的大脑小脑左脑右脑和后脑——记得看《闪灵》（1980）的时候，杰克·尼科尔森扮演的那个小说家每天勤奋写作，不停地写啊写。直到有一天，他的妻子翻看他的作品，发现原来厚厚的一摞白纸上面只是不断重复着一句话：

All work and no play makes Jack a dull boy.

好吧，这个变态的想法是这样的：我现在每天都在勤奋地学习、学习、学习。直到被人发现，原来这些所谓的学习都是在重复一个句子。比如，在我整理的《发展政治学》笔记里，其实只是不断重复着"如果人生就是工作，活着又有什么意义？"之类的文字。如果我疯掉了，是不是会更幸福些呢？

明天就去看心理医生，或者去看电影。哈哈。

26.4 在电影的世界里醉生梦死

偷来半日闲暇，于是，看了两部电影。

一部是《最后一次》（2006）。

不知为什么会是这样一个名字。也许，对于女主人公而言，这是最后一次欺骗？也许，对于男主人公，那个因为爱人的离开而辞去高校教师职位，转而投身商界的男主人公而言，这是最后一次爱情重伤？无论如何，男女主人公在那个假扮成一败涂地的推销员和烂醉如泥的未婚夫的身边疯狂做爱的一幕，还真够强悍。

以为会是爱情的力量，爱情真伟大，可到头来，一切都不过是一场精心策划的商战阴谋。爱情自然美好，可惜这也是它最致命的弱点——它必须面对这个早已被物欲异化的现实，并且不断付出代价。蹲在墙角哭泣的女主人公啊，你的悲伤和无助，注定没人能够拯救——拜金是你的劫难，你用伤害他人的方式伤害自己，这个自作自受的结果，其实早已注定。

另一部是《边城小镇》（2006）。

这是一部根据真实事件改编的影片，也许真实最具震撼力吧，虽然这样的真实不会让人快乐。事实上，事件本身太过残酷了，所以不敢去想那么庞杂和混乱的社会实现背景，宁可相信，这只是一部电影。如果这只是一部电影，该多好。剪辑、影像、灯光、布景、音效……一切外在表现形式都很快就淡出我的脑海了，唯有真实，还在那里固执而疯狂地生长。

我是一个理想主义者，虽然在强大的现实面前早已学会了如何妥协和放弃，可当我知道影片所反映出的这种事情，就是真实发生在我生活的这个世界里，我还是无法面对，难以承受。除了愤怒和无奈，我甚至比影片中的那些受害者还要痛苦，相信我。

……

喜欢一个人躲在闪烁的电视荧屏前，或蜷缩或舒展着身体，在别人的故事里醉生梦死。那一刻，我可以忘记自己、忘记世界，忘记一切的一切，沉浸在那样一个时段里，感受影像带给我的所有喜怒哀乐。必须承认，那种感觉真的美好，电影给我的世界要比现实丰富得多，哪怕这种丰富只会加重我对它的依恋和对现实的排斥。在那样一些时段里，我真的顾不了这许多了，我喜欢这种全力以赴的感觉。

哪怕，我只是在全力以赴地醉生梦死……

《边城小镇》（2006）

补遗：人生的脚注，美好一直都在

手头还有一些有关电影的文字，不大好归入前面列举的那些类别。于是，索性都放在这里——如果说电影为我们提供了一种叫做"如果"的人生，那么，这里的这些文字就权当作是人生的脚注吧。让我们通过电影与梦想中的人生握手言和，坦然接受生命中的遗憾，敦促自己完成内在成长。其实，从来就没有什么失之交臂，离开的，终归都不是我们想要的。

重点在于，我们有义务让自己的人生变得美好。

27.1 别让你所擅长的毁了你：你的长处，也是你的弱点

记得在看《战争之王》（2005）的时候，尼古拉斯·凯奇在片中扮演的那个军火商，一直停不了手，不断进行着军火交易。其实当时的一切都不足以支撑他继续这个事情了。比如，他的弟弟已经因此而丧命，他的父母和妻儿也即将因此而远离他；比如，那个时候钱对他真的已经不再重要，他已经足够富有了；比如，他已经清楚知道，军火把教派与教派、民族与民族、国家与国家，或者其他什么诸如此类的人群或者组织的仇恨无限放大，并因此殃及太多无辜的生命，会给太多原本幸福的家庭

带去痛苦。

其实他也曾考虑过要停止这个事情，可事实却是，他停不了手。当非洲某个"民主国家"的领袖，也是他以前的客户，来到美国找他继续他们之间交易的时候，他没有经过太多犹豫，又开始重操旧业。妻子实在无法忍受

《战争之王》（2005）

这种生活，于是想要离开他。在妻子离开他之前，两个人进行了最后一次简短的对话，妻子央求他停手："求你，停手吧。为什么不呢？"

他沉默了片刻，喃喃地说："因为，我比较擅长做这个。"

……

前两天看电视，一档法制节目，说一个人行骗能力超强，劫色又骗钱，短短几年时间，一百多名少妇相继落入他的圈套。对着采访他的摄像机镜头，他居然有些洋洋得意。他坦言，有一名被骗者，他只用了三个小时就和她滚床单了——是的，他的确比较擅长做这个。

我又想到了《拆弹部队》（2008）。电影本身几乎没有什么感觉了，哪怕它在当年的奥斯卡颁奖典礼上风光无限，《阿凡达》（2009）都靠边站了。惟一印象深刻的桥段，来自于片中男主角威尔——从一个拆弹部队服役归来不久的他又重返伊拉克，

成为另一个拆弹部队的成员。我在想，支撑他在片尾放弃田园牧歌般的美好生活，丢下妻儿重返战场的原因是：相对于让他无所适从的凡碌生活而言，他更擅长拆弹。是的，他的确是这方面的天才，虽然每次执行任务，他都要冒着生命危险。

……

我们擅长的事情可以成就我们，也可以毁了我们，甚至毁了这个世界。因此，要对我们擅长的事情进行一个起码的价值判断。比如，当它是好的时候，就应该去做；反之亦然。这样说来，事情似乎比较容易解决，几乎没有讨论的必要了——但是你想过没有，如果事情真的这么简单，我们人类的历史上就不会出现类似希特勒这样的人了，不是吗？

由此我们发现，问题的关键并不在于价值判断本身，而在于支撑我们做出价值判断的伦理担当。也就是说，是一个要对我们擅长事情的"善"与"恶"，做出评判与衡量的问题。

我想说的是，价值判断是简单的，说得通俗点，也就是看能否"获利"、得到实惠。而隐含在价值背后的"伦理价值"，却值得我们每个人用全部的智慧与良知去分辨。搞清楚了这个问题，我们的人生才不会出大问题——哪怕它一直无所事事。

27.2 《就是这样》：音乐永在、记忆永存……

那天晚上在时光网浏览时，无意发现这部纪录迈克尔·杰克逊生前最后一次演唱会彩排情况的纪录片正在上映，我知道自己是一定要去看的。于是第二天上午，一个人去了位于小西天的中影电影院。

《就是这样》（2009）

很显然，为了能够成功举办迈克尔·杰克逊的这个告别演唱会，所有最优秀的人都在竭尽全力。可以想象，如果没有意外发生，这些原定在 2009 年盛夏举行的演唱会将会是多么完美——就像之前我们看到过的那样，他的演唱会从未让我们失望。

他的那些无论何时响起都会令人心潮澎湃的音乐，这个时候，一次又一次地打动我、感染我。他的那些可以征服世界的华丽舞步，依然那么桀骜不驯、卓尔不群。通过这些影像能够看到，他依然意气风发、宝刀未老。对于整个演唱会的各个环节，他都有自己通盘的考虑，虽然他在彩排中宣称要保护自己的嗓子，要给自己的嗓子热身，可他的演唱依然那么专注、全情投入……世界顶级流行音乐大师就这样匆匆与我们告别了，唏嘘之余，无尽苍茫。

好在，音乐永在、记忆永存。

27.3 《再见萤火虫》：细节完美主义

日本反思二战的电影作品，就像他们政府反省自己在二战中的拙劣行径一样罕见。从这个角度来看，这部电影能够拍摄出来就已经值得我们欣慰了。虽然影片有意抽离了对于日本本土遭遇战斗机轰炸的原因揭示，刻意回避了对于战争正义邪恶的伦理判断，可就算这样，这部电影也非常优秀——用动漫电影的方式，从平民日常生活的视角来深刻探讨战争，该算是一部力作了。

在我看来，这部电影最大的特色在于对细节的处理堪称完

《再见萤火虫》（2005）

美，甚至近乎苛刻。影片人物的每一个动作、表情，碧海蓝天、乡间小路，被战火无情摧毁的居民区，夜幕下萤火虫的曼妙飞行……美丽的画面、完美的构图，以及恰到好处的背景音乐——这一切都给我们留下了难以磨灭的印象。而在这样一种细节完美主义风格的映衬下，影片中的悲剧就越发显得凄惨、感人至深、催人泪下。

战争永远都是野心家挑起利益争夺的极端形式，而为战争付出代价的，也永远都是那些无辜的底层民众。

27.4 《两杆大烟枪》：黑帮电影中的黑色经典

话说盖·里奇这部导演处女作电影碟片，买来已经有好长一段时间了。只是由于前段时间看了他的另一部作品《转轮手枪》（2005），那种令人费解的故事情节和更加令人望而生畏的叙事手法，都在很大程度上打消了我立刻观看这部电影的冲动。终于有一天，为了打发一个无聊至极的夜晚，不情愿地把《两杆大烟枪》（1998）放进了视盘机。

本来是没有任何期待的，不咸不淡地看了半个小时的样子吧，感觉在叙事手法上和《转轮手枪》惊人相似。然后，在我刚要得出一个"不过如此"的结论，想把碟片从视盘机里退出来的时候，影片终于峰回路转，慢慢理出了头绪，并逐渐妙趣横生、丰富多彩起来。

我想，如果没有看过《转轮手枪》的话，那么，这部电影的镜头语言运用方式也许会给你留下深刻印象——哪怕这种印象并不让你快乐。当然，影片最大的成功之处并不在此，而

《两杆大烟枪》（1998）

在于故事本身。被惊人巧合天衣无缝打造出来的故事情节环环相扣、节节入胜。看惯了诸如《教父》（1972）、《美国往事》（1984）、《好家伙》（1990）、《末路骄阳》（2002）等美式黑帮片后，再想想这部电影——这样的一个好故事，加上这样一种独特的叙述方式和酷帅的表现技法，再辅之以充斥全片的黑色幽默，使影片一跃成为黑帮类型片中的另类经典。作为导演的电影处女作，它已经好得难以置信了，更何况如此精彩的故事又是导演本人创作的。

相信我，只要你能熬过影片开头的半个小时，接下来的好戏一定会把你留在座位上，一边爆笑、一边惊诧，一边佩服故事的玄妙与精巧。

27.5 《看上去很美》：额，也就是停留在看上去很美了

好多王朔的作品被搬上荧幕之后都取得了不俗的口碑和票房，在这方面可能《阳光灿烂的日子》（1994）是最大的亮点了。这一次，张元也来了，他选择的是《看上去很美》

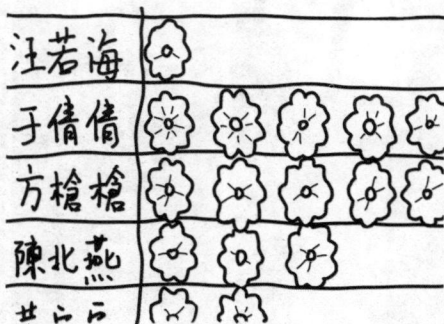

《看上去很美》（2006）

（2006）。《看上去很美》的小说我读过，真的想象不出这个作品用电影的方式该怎样来表达。

所以，完全出于好奇才去看的电影。坦白讲失望是必然的，除非你没有看过原著小说。主要问题不是出在张元那里，这种小说谁拍成电影毁谁。显而易见，小说中的大量心理描写让董博文、宁元元他们去表现本身就是痴人说梦了。别说是孩子了，那么复杂而调侃的心理描写就抓来巩俐、周润发他们也不行的。但是好在这个片子还参加了威尼斯电影节，并且在柏林电影节上获得了艺术创新奖，总算把老外给唬住了。

单说电影本身，说白了就是一部儿童电影的，小说是成人小说自然没问题，但电影，真的做不到。影片对于故事发生的社会背景基本没有任何交代，抽离了现实，单单在幼儿园里的胡作非为是不可能把主题挖掘深刻的，而且话说回来，王朔的作品本身也没有给张元留下多少可供挖掘的余地。

27.6 《木兰花》《21 克》《撞车》：纠缠的故事，安宁中的苦痛

三部电影都有一个共性：那就是，都是把几个故事穿插、交织在一起，各个故事彼此之间相对独立，而又有着千丝万缕、错综复杂的联系。而这样一种叙事方式，把作为电影类型片之一种的生活伦理片的内涵大大提升了。

也许每个故事单独拿出来都并不动人，但是，一旦将它们整合在一起，事情就发生了变

《木兰花》（1999）

化：那种错综复杂的人物关系强烈的透露出人的多层面生活状态，以及人与人之间的多维度关系。而这样一种状态和关系，又比单线性的叙事显得更加真实、可信。很明显，1+1 > 2。

成功的背后有着不为人知的失败经历，快乐、自信的面具下隐藏的竟是一张迷惘的、近乎绝望的面孔。光明与黑暗、矛盾与挣扎、困顿与平庸、愤怒与压抑……人的内心世界要比这个外在世界复杂得多，每个人为了生存都承受着太多的焦灼和

苦痛。人的生命真是一种奇妙的存在，只是，它并不像我们想象中美妙。

《木兰花》（1999）中那场壮观的青蛙雨顷刻之间改变了很多人的人生际遇，甚至改变了一个人的命运；《21克》（2003）是生命的重量，我们为什么而活着？21克的生命，我们用它都做了什么？我们能做什么？怎么权衡？《撞车》（2004），把几个素昧平生的人联系在一起，而种族主义是那么根深蒂固，任何挣扎与愤怒，都显得如此悲壮……

喜欢这样的电影。因为，它为我们提供了一个"认识你自己"的全新视角，哪怕这样的角度本身并不能给我们的生命带来一丝快慰。

27.7 四部伦理题材的电影典范之作

突然、惊诧、回味无穷，《克莱默夫妇》（1979）既探讨了婚姻生活中夫妻之间的关系，又在父子、母子关系问题上花费了大量的时间和笔墨。从而成功地把这样一个平淡的主题进行了深入挖掘。

温情、舒缓、韵味悠长，《金色池塘》（1981）一方面关注了老年人的生活状态，一方面也勾勒出了父母与子女之间的关系，并进行了一系列卓有成效的探讨，用诗一样的画面和幽默机智的对白。

两部电影有很多的相似之处。比如，男女主角都是重量级的实力派影星，他们在片中的不俗表现无疑为影片增色不少，同时，也为他们自己以及影片本身迎来了世界级的荣誉；另一方面，两部作品都是用细腻温暖的方式来展现片中所探讨的问题的。这样的方式对于展现这样的内容，自然是最佳的选择，恰到好处。比较而言，可能《金色边塘》在表现形式上更胜一筹。

其实，在探讨老年问题、婚姻问题等伦理题材的电影中，表现不俗的还真是很多。比如《为戴茜小

《金色池塘》（1982）

姐开车》（1989）和《廊桥遗梦》（1995）。前者对于老年问题以及种族问题进行了细腻感人的探讨，当白发苍苍、神经兮兮的戴茜小姐拉着司机霍克的手说"你是我最亲密的朋友"时，那种别样的温暖会在我们内心流淌很长一段时间；后者从中年人的婚外情角度入手，细致入微地描绘了两人之间短暂而又长久的感情依恋，相信大家步入中老年之后，它一定会带给我们更多感动。说起来这两部电影同上面的两部还是有一些共性的：演员也都是实力派干将，故事情节又都是温馨而平缓的。

重点在于，它们会带给我们温暖，是的，那是一种久违了的温暖。

《为戴茜小姐开车》（1989）

后　记

这本书能够出版，要感谢很多人。

不管这样说会显得多么矫情，首先要感谢一下我自己。把这些和电影有关的文字集结出版，是我多年的梦想。还好我没放弃，才有了今天的这本书。

著名商业评论家吴伯凡曾经说过，别把战略性资源投入到非战略目标上。出版这本书于我而言，显然是非战略性目标。是的，我本该把更多的时间精力投入到学术研究、课程教学和学生培养工作中，那里才是我的主战场。然而我觉得听从自己内心的呼唤，过好这一生，要远比遵从社会评价标准而获得世俗成功重要。

毕竟，人生不是用来实现战略目标的工具，过好这一生才是真正的目标。

其次，我要感谢环球电影论坛里的朋友。如果没有这些朋友、没有这个论坛，以及和这些朋友一起沉淀在往日时光的共同经历，也就不会有现在的这本书。事实上，这本书里的很多文字内容直接就来自我在这个论坛博客里发的日志；而如果没有和这些朋友的这段共同经历，我也就失去将这些文字集结出版的动力和决心了。

因为文字总是单薄，文字背后的记忆却会一直闪亮。

正如《山河故人》的台词里说的那样，每个人只能陪你走一段路，迟早是要分开的。后来，论坛消失了，这些朋友也各自散落在天涯。然而，小T、名流茶馆、Jackieblue、小虾米、它它、平行者、空气吉他、伽蓝、KUKU、本土影像、83年的矿泉水、吖吖不乖、信·雨、我係一个包、唐乌克星、破碎阳光、九天、ATM、墨西哥人、T天行道、影狂、苦行僧、羿、乌尔沁、孤独一笑、猫咪COCO、小神、Bandits、文武、幼稚园的小朋友（排名不分先后）……一个个熟悉的昵称，以及背后那一张张清丽的面孔，每每想起，依然如此美好而温暖。是的，如果没有那时的我们，也就没有现在的我、这样的我。

每个人都是在经历中成长的，我很庆幸自己生命中的那个时段，和你们每个人有关。

接下来，还要感谢为了本书顺利出版而付出辛勤努力的人。感谢闽南师范大学的徐纪阳博导，虽然你的线上诨名是"恶人"，可透过你邪恶而慵懒的人设，洋溢的却是一颗善良而炙热的心。正是得益于你的鼎力推荐，才让这个书稿有了抛头露面的机会；感谢黔南民族师范学院的刘志勇副教授，在得知我对本书封面的设想后，你不辞劳苦，于百忙之中全身心投入到封面设计之中，必须承认，这个封面对我意义非凡。我还要感谢自由设计师Jackie，你不仅让MOV6论坛失散多年的昔日坛友重新找到组织，还在得知我要出版这本书时，力排万难联系到了插画师貘tapir；貘tapir和猫咚咚的画作为本书增色不少，和你们的合作非常愉快，也希望有机会延续我们的合作。

记得《秋日传奇》里有一句经典台词："有些人能清楚听到自己内心的声音，并遵从这个声音生活。这样的人要么变成了疯子，要么变成了传奇。"我想说的是，无论在人生的尽头我们变成了疯子，还是传奇，只要我们曾经遵从内心的声音而生活，这样的人生，就已足够。

与你共勉。

老踏

2020 年 5 月 29 日